Mischa Bach

Der Tod ist ein langer, trüber Fluss

Kriminalnovelle

Brandes & Apsel

Auf Wunsch informieren wir regelmäßig über das Verlagsprogramm:
Brandes & Apsel Verlag, Scheidswaldstr. 33, D-60385 Frankfurt a. M.
E-Mail: brandes-apsel@t-online.de
Internet: www.brandes-apsel-verlag.de

Das Erscheinen des Buches wurde gefördert durch das Ministerium für Wissenschaft, Weiterbildung, Forschung und Kultur Rheinland-Pfalz.

literarisches Programm 103

1. Auflage 2004

Lektorat: Volkhard Brandes, Frankfurt am Main
DTP: Wolfgang Gröne, Groß-Zimmern
Umschlag: MDDigitale Produktion, Petra Sartowski, Maintal
Umschlagfoto: Dieter Schwer, Frankfurt am Main
Druck und Verarbeitung: Tiskarna Ljubljana d. d., Printed in Slovenia
Gedruckt auf säurefreiem, alterungsbeständigem und chlorfrei gebleichtem Papier.

Bibliografische Information Der Deutschen Bibliothek:
Die Deutsche Bibliothek verzeichnet diese Publikation in der Deutschen Nationalbibliografie; detaillierte bibliografische Daten sind im Internet über http://dnb.ddb.de abrufbar

ISBN 3-86099-503-0

Inhalt

Ophelia 7
Hamlet 18
Auf dem gewohnten Weg? Zu wessen Ehre? 23
Ich liebte Euch einst 33
Vorstellungen und Bedeutungen am Stück 50
Sein – Hamlets Traum I 62
Nichtsein? Ophelia am Fluss 74
Sein – Hamlets Traum II 79
Mit einer Nadel bloß? 84
Der Rest ist Schweigen? 87
Ophelias Alptraum 97
Hamlet und Ophelia 101

Ophelia

Ich liebe den Fluss. Vater Rhein nennen ihn manche, und die Touristen sind ganz verliebt in seine Schiffe und seine Ufer, seine Weinbaugebiete und seine Burgen. Aber das ist es nicht. Ich liebe den Fluss wegen der Geschichten, die er zu mir bringt, selbst, wenn die meisten davon alles andere als schön sind. Ophelia nennen mich meine Kollegen, denn es sind die Geschichten seiner Toten.

Bald werde ich nicht mehr den leisen Stimmen lauschen können, die sich zu Erzählungen jenseits der weiß-grün-stahlfarbenen, sauberen Welt der Gerichtsmedizin verweben. Ich hatte in der Zeitung gelesen, die Regierung wolle unser Institut wie auch einige andere schließen. Zu teuer hieß es offiziell, aber ich denke, niemand will die Geschichten der Toten hören. Und ich, die ich vor über einem Jahr im Fluss meine eigene Geschichte verloren hatte, ich wäre dann noch einsamer in der eigenartigen Schwärze, dem Nichts meines Gedächtnisses. Zugleich schien es passend, nach der Schließung nicht mehr zu wissen, was aus mir wird. Denn nicht zu wissen, was gewesen war, meine Amnesie, war für mich ein zweites Zuhause geworden. Das war gut so, auch wenn es weder Polizei noch Ärzte begriffen: Man hatte mich aus dem Fluss gezogen, ein Selbstmordversuch hieß es. Dafür hatte es sicher gute Gründe gegeben – es war also folgerichtig, sich nicht zu erinnern. Die Frau, die es mal gegeben haben musste, die Frau ohne Namen, die in keinem Vermisstenregister auftauchte, die Frau, die sterben wollte, war tatsächlich tot. An ihrer Stelle gab es mich, Ophelia, die sonderbare Helferin in der Bonner Gerichtsmedizin, Ophelia, die Schweigende, die die Stimmen der Toten hört, die der Fluss ihr bringt. Oder doch bis jetzt gehört hatte ...

Plötzlich hört das Schaukeln auf. Kein wiegendes Wasser mehr, und das Wirbeln der Schiffsschrauben wird zu rhythmischem Scheuern auf einer Kiesbank. Dann, nach einer unbestimmten, unbestimmbaren Weile wiederum Bewegung, Geräusche, wirr, verwirrend, ich bin dem Fluss entrissen!

Ich war allein im Institut, als sie ihn mir brachten; ich bin immer die erste, die kommt, und die letzte, die geht. Der junge Mann konnte nicht lange im Wasser gelegen haben, sein Körper war noch nicht bis an seine Grenzen aufgequollen. Im Gegenteil, er sah aus, als wäre er eben erst in der Badewanne eingeschlafen.

Ich füllte die Papiere für die Überstellung aus – alle Flussleichen kommen hierher. Schließlich erleiden die wenigsten einen Herzinfarkt oder dergleichen, während sie am Ufer stehen, und fallen danach unbemerkt und ohne dass sie jemand vermisst ins Wasser. Eine natürliche Todesursache ist da selten, und selbst bei Unfällen und Selbsttötungen gibt es zu viele offene Fragen. Ich informierte die diensthabende Gerichtsmedizinerin über unseren morgendlichen Gast, dann setzte ich mich zu ihm und betrachtete ihn lange.

Der Fluss hatte ihn sich früh geholt, er war vielleicht Mitte zwanzig, das Alter, auf das sie mich schätzten. Seine feuchte Haut war blass, schon beinahe bleich. Er hatte schwarzes, kurzes Haar mit ein paar langen, blauen Strähnen, die ihm im Gesicht klebten. Vorsichtig schob ich sie beiseite und sah seine Augen, die dunkel und warm gewesen sein mussten. Jetzt hatten sie den eigenartig wissenden Ausdruck derjenigen, die ihren Tod in aller Klarheit gesehen haben. Sein Lächeln dagegen war kaum als solches zu erkennen. Jedenfalls war es kein Lächeln, das ich je auf dem Gesicht eines Lebenden gesehen hatte. Manchmal sah ich dieses seltsam-wissende Lächeln, wenn mich mein Spiegelbild im Vorübergehen in einer der blank geputzten Flächen des Instituts erwischte. Manchmal sahen es auch die Kollegen, sie zuckten dann zurück und versuchten, das Schaudern mit einem Witz abzutun: »Vielleicht hättest du dich lieber Mona Lisa nennen sollen«, sagten sie dann manchmal, und ich wusste nie, ließ das Erschrecken sie jedes

Mal vergessen, dass sie diesen Satz und den folgenden bereits wiederholt geäußert hatten? Denn wie die Flut auf die Ebbe, so folgte unweigerlich der Zusatz: »La Gioconda, die ihr eigenes Geheimnis vergessen hat, das wär doch was!«

Damit stellten sie, zumeist lachend, für sich den Normalzustand der Dinge wieder her. Ich lachte meist höflich mit und schüttelte innerlich doch den Kopf. Es waren die Brüche, Momente wie diese, die mir klar machten, wenn ich schon einen Namen haben musste, dann Ophelia – Ophelia, die, zurückgewiesen von Hamlet, isoliert durch seinen Wahn, den Tod im Wasser sucht und findet. Mich hatte der Tod zwar nicht gewollt, dafür war es, als hätte mir der Fluss zum Abschied das Totenlächeln geschenkt.

Ich widerstand dem Bedürfnis, das Lächeln auf den feuchten Lippen des unbekannten Toten mit den Fingerspitzen nachzuziehen, mit dem Tastsinn zu erraten, ob der Tod ihn süß erlöst oder bitter aus dem Leben gerissen hatte. Statt dessen berührte ich vorsichtig seine schmale Hand, die aus einer abgetragenen Lederjacke herausragte. Kleine, bläulich umrandete, rote Punkte am Handgelenk, zum Teil noch frische Einstiche, zeichneten seine Haut mit einem geheimen, nun für niemanden mehr lesbaren Code.

»Du hast Glück gehabt«, flüsterte ich, »hätten sie dich an Land gefunden, dein Besteck nur irgendwo in der Nähe, hätten sie dich niemals zu mir gebracht.«

Ist das eine Stimme? Spricht sie mit mir? Nach der wiegenden Geborgenheit des Flusses ist mein erster Impuls Bewegung, Sehenwollen. Fast schmerzhaft – aber der Schmerz bleibt aus, bleibt nur Erinnerung –, wird mir die Unmöglichkeit der Bewegung bewusst.

»Versuch das nicht«, sagt die leise Stimme, »du kannst nicht zurück in den Körper. Dein Körper ist tot. Aber ich höre dich, ich fühle dich. Sei ganz ruhig, hab keine Angst, wenn sie dich nachher aufschneiden, das kann dir nichts mehr anhaben. Ich werde –.«

Die Stimme reißt ab, aber ich habe sie gefunden. Sie ist hier.

Dr. Kretschmer, die wollte, dass ich sie Martha nannte, war mir von allen Medizinern die liebste. Nur dass sie stets so unvermutet auftauchte, lautlos und elegant wie eine geschmeidige Katze, daran konnte ich mich nicht gewöhnen. Sie entschuldigte sich mit einem warmen Lachen für mein Erschrecken, dann sah sie ihn und ihr Blick wurde ernst. Ich glaube, sie sieht die nicht mehr existenten Möglichkeiten der Toten; deshalb machen die Jungen sie melancholisch und traurig. Wie ich mit meinen Mitteln, so will sie unsere Gäste mit den ihren zum Sprechen bringen, selbst solche wie ihn, wo keine wissbegierigen Polizisten oder schockierte Verwandte auf ihr Urteil warteten.

Gemeinsam zogen wir ihn aus. Dass er keine Papiere bei sich trug, hatten sie bei der Einlieferung gesagt. Gewiss, wir fanden kein Stück Plastik, das die Daten seines Lebens verraten hätte, aber was er bei sich trug, sagte mehr als jeder Ausweis. Feuerzeug, Löffel, Spritzbesteck, Tabak mit Filtern und ein paar Kondome, »das übliche eben, vielleicht hat es ihn auf dem Strich erwischt«, überlegte Martha. Dann fand sie ein Foto, verknickt vom ständigen Herumtragen, verwaschen die Farben von der Reise im Fluss, aber das Kind vor dem alten, grauen Steinhaus, das Kind neben ihm war zu erkennen – es musste seines sein. Die selben feingeschnittenen Züge, die dunklen Augen, die helle Haut, nur das Haar stimmte nicht, die roten Locken mussten von der Mutter sein.

»Gespenstisch«, sagte Martha, »die Kleine hat deinen wilden Wirrkopf.«

Ich betrachtete das Bild, versuchte förmlich, hinein zu kriechen, aber es verursachte kein Echo in meinem Inneren. Genauso hatte ich damals auch die bunte Kleidung angesehen, die sie mir ans Krankenbett brachten. Darin, so hieß es, habe man mich aus dem Fluss gezogen. Die Sachen hätten jedem gehören können, jedem, nur nicht mir. Obwohl ich sie tage- und nächtelang bei mir behielt, sie betrachtete, sie befühlte und beroch, sie lösten nichts aus. Es hätten Theaterkostüme sein können. Und genau so kamen sie mir auch vor, als ich schließlich wieder aufstehen durfte und sie anzog, sie vor dem Spiegel anprobierte. An das Gesicht, an mein Gesicht hatte ich mich da bereits gewöhnt, auch, wenn nur die Augen wirklich mein Eigen waren. Aber die Frau in den bunten Kleidern, die sich zögernd im Krankenhaus vor dem Spiegel drehte, das war nicht ich, das war nur das Spiegelbild einer Schauspielerin. Oder eben einer Frau, die es nicht mehr gab, die es vielleicht nie hätte geben sollen ...

»Was hast du da?«, wollte Martha von mir wissen, und an ihrem Tonfall erkannte ich, dass sie diese Frage bereits mehrfach wiederholt haben musste. Schuldbewusst schaute ich erst auf zu ihr, dann auf meine Hände – doch inzwischen hielt ich statt des Bildes ein nasses Reclamheft fest: Verknittert, abgenutzt, voll angestrichener Seiten – und an der Stelle aufgeschlagen, die Zeilen unterstrichen, wo Hamlet begreift, dass Ophelia ertrunken ist!

»Ich liebt' Ophelien; vierzigtausend Brüder mit ihrem ganzen Maß von Liebe hätten nicht meine Summ erreicht.«

Worte eines lang toten Dichters verhallen in dem kalten Raum und hallen in mir wieder. Nur, wo ist das, wo bin ich, was bin ich? Ich fühle mich leicht, wie ein Windhauch, und der kleinste Luftzug scheint mich mit sich reißen zu wollen. Einzig ihre Stimme, diese leise, behutsame Stimme hält mich, zwingt mich zu bleiben, wo auch immer ich bin. Und dann sehe ich plötzlich: Erst ist es nur ein Körper, nackt, schutzlos, geschunden, der auf einem Stahltisch liegt. Ein Körper weit weg, fremd und zugleich merkwürdig vertraut – bis ich begreife, das ist mein Körper! Das Erschrecken weckt eine Bilderflut, die mich fortreißt.

Als ich das kleine Reclamheft in meinen Händen anstarrte, als ich fühlte, aber nicht erklären konnte, warum ihm ausgerechnet diese Stelle so wichtig gewesen sein musste, wusste ich plötzlich, was ich wollte: Was immer Martha finden würde, seine Geschichte wollte ich ganz. Weder ihre nüchterne Medizinerprosa noch die Bruchstücke und Fetzen, die die meisten Toten als letztes vor sich hin flüstern, genügten diesmal. Denn als er ausgezogen vor uns lag, die gepunkteten Linien entlang der Venen die Spuren vergessener Träume, die Hämatome an seinem Leib eine Landkarte vergangener Schmerzen, ahnte ich: Die ganze Geschichte seines Todes interessierte niemanden außer mir. Zu offensichtlich schien, dass bereits an der seines Lebens kaum jemand Anteil genommen hatte.

»Er hat den Tod gesucht«, sagte Martha, während sie die Handschuhe anzog und die Brille aufsetzte, »gleichgültig, wie er gestorben ist, er hat den Tod gesucht.«

Dann machte sie sich daran, seinen Körper zu befragen, was ihn hierher, auf den Tisch aus Stahl geführt hatte. Meine Hände halfen bei ihrem blutigen Werk, aber meine Gedanken schweiften suchend umher und schnappten nur Wortfetzen von dem auf, was Martha dem Aufnahmegerät diktierte:

»Drogenmissbrauch, intravenös, vermutlich über Jahre. Toxikologische Untersuchung folgt.« –

»Unterernährt, auch das vermutlich schon länger.« –

»Prämortale Hämatome, dem äußeren Augenschein nach teilweise älteren Datums, die neueren ausgeführt durch Faustschläge und Fußtritte, keines davon jedoch tödlich.« –

»Eine oberflächlich verheilte, professionell genähte Stichwunde im Oberbauch.« –

»Keine nennenswerten oder gar lebensbedrohlichen Verletzungen innerer Organe.« –

»Commotio Cereberie – Gehirnerschütterung, vermutlich durch einen Sturz, Dauer der zu vermutenden Bewusstlosigkeit eher im Sekundenbereich.« –

Und schließlich: »Todesursache: Ertrinken. Ob der Sturz in den Fluss eine Folge äußerer Einwirkung seitens des Angreifers war oder aber auf einen späteren Unfall, womöglich eine Selbsttötungsabsicht zurückgeht, kann nicht allein aufgrund der Obduktion entschieden werden.« –

»Todeszeitpunkt: Vor nicht mehr als ein bis zwei Tagen.« –

Selbsttötung? Ich selbst soll es gewesen sein? Das ist lächerlich. Bloß, dass ich mit diesem kläglichen Überrest eines Körpers nicht mal mehr hämisch lachen oder vor Wut aufschreien kann.

»Schsch...«, flüstert die vertraute Stimme, »ich weiß, ich weiß. Ich kann dich hören, auch so. Ich werde dir zuhören, was auch immer du zu erzählen hast, ich werde da sein und dir zuhören.«

Kann das sein, dass sie mich – in meinem jetzigen Zustand – hören kann? Aber was nützt das, ich kann mich nicht erinnern, wie ich in den Fluss geraten bin!

»Kind, nimm es dir nicht so zu Herzen«, sagte Martha, als sie uns beiden den Kaffee eingoss, »es liegt doch auf der Hand: ein drogensüchtiger Stricher, vermutlich spürt er den Entzug mehr als seinen Instinkt, der ihm sagt, nimm den Freier nicht, lass die Finger von dem. Hätte er darauf gehört« – sie schüttelte bedauernd den Kopf, als wollte sie ihn an diesem fatalen Fehler hindern, ihn nachträglich warnen –, »aber so: Er versucht, seinem Angreifer auszuweichen und stürzt dabei in den Fluss, schlägt dort mit dem Kopf auf – das wäre eine Erklärung für die Gehirnerschütterung. Oder sie ist eine Folge der Prügelei, aber selbst dann muss es noch nicht heißen, dass unser hypothetischer Freier ihn tatsächlich umgebracht hat. Gut möglich, dass der Angreifer Panik bekommt und abhaut, unseren John Doe einfach liegen lässt ...«

»Hamlet«, verbesserte ich murmelnd.

Sie schaute irritiert auf, sprach aber weiter: »Er wacht also noch einmal auf, benommen, desorientiert, stolpert am Ufer umher und fällt ins Wasser, wo er schließlich ertrinkt. Vielleicht hat die Prügel auch gar nichts mit seinem Tod zu tun, Kind. Laut Schnelltest sind seine Blutwerte alles andere als gut, ich bin fast sicher, sein HIV-Test fällt positiv aus. Vielleicht wusste er das, vielleicht hat er das Ertrinken vorgezogen ... Tragisch, er hätte noch Zeit gehabt, leben können, und dann so etwas.«

»Solange man nicht weiß, wer er war –«, warf ich ein, aber sie unterbrach mich sogleich: »Ophelia, ich weiß, du hast diese besondere Verbindung zu den Toten. Aber sieh es ein – keine

Vermisstenmeldung passt auf ihn. Kein Wunder, er hat offensichtlich auf der Straße gelebt. Wenn sich niemand meldet, Druck macht, wird sein Fall zu den Akten gelegt und er wird begraben. Kein Hund schert sich um einen toten Fixer.«

Sie hatte recht, objektiv betrachtet ganz sicher. Aber das reichte mir nicht, so einfach konnte und wollte ich nicht aufgeben, mich nicht zufrieden geben: »Aber was ist mit dem Mageninhalt: Avocado, Lachs, Kaviar, Wein, vermutlich teuer? Das passt doch nicht!«

Darauf wusste Martha auch keine Antwort, sie meinte nur, die Toten gäben nie all ihre Geheimnisse preis. Mag sein, dachte ich, aber diesmal, dieses eine Mal, wollte ich es genau wissen.

Am Abend, nachdem die anderen in den Feierabend verschwunden waren, ging ich ins Kühlhaus, um ihn noch einmal zu sehen. Martha hatte sich Mühe gegeben, seinen Körper nach der Obduktion wiederherzustellen – auch eine Eigenschaft, für die ich sie liebte. Mit seinen geschlossenen Augen sah er friedlich aus, aber ich wusste es besser.

»Hamlet – ich hoffe, du hast nichts dagegen, dass ich dich so nenne, Hamlet, ich muss jetzt gehen«, flüsterte ich, »ich will herausfinden, was passiert ist, mit dir. Ich wünschte, du könntest mit mir kommen.«

Einem Impuls folgend, strich ich ihm vorsichtig über die Stirn, bevor ich ihn wieder in das Kühlfach zurück schob.

Ich habe mich bereits mit der kalten Schwärze abgefunden, als sie zurückkommt und mit ihr das Licht. Was erzählt sie da? Ich bin mir inzwischen sicher, dass sie *es ist, dass ich sie endlich gefunden habe, nach all den Monaten. Aber warum macht mir das Angst? Gänzlich unerwartet beugt sie sich über meinen Körper, und dann geschieht das Unbegreifliche: Mit ihrer Berührung kann ich plötzlich mein totes Fleisch hinter mir zurück lassen!*

Ich verließ das Institut, doch statt zum Rheinufer hinunter zu gehen, um mit einem abendlichen Spaziergang am Fluss den

Tag zu beschließen, mich auf dem inzwischen vertrauten Umweg auf den Heimweg zu machen, lief ich schnurstracks zum Bertha-von-Suttner-Platz. Eigentlich blieb ich lieber für mich und ging selbst längere Strecken vorzugsweise zu Fuß anstatt mich in Straßenbahnen oder anderen öffentlichen Verkehrsmitteln in die unausweichliche Nähe anderer lebender Menschen zu begeben. Heute jedoch hatte ich es eilig, vielleicht zum ersten Mal in meinem neuen Leben; eilig genug, mein Unbhagen hinten an zu stellen. Immerhin hatte ich Glück, die meisten Menschen waren an diesem Freitagabend wohl bereits zuhause und trotzdem noch nicht auf dem Weg zu den Biergärten, so dass ich sogar einen Sitzplatz in der Straßenbahn zur Polizeiwache ergatterte.

Seine – Hamlets – Sachen hatte ich dabei; immer wieder wanderten meine Finger ganz unbewusst zu ihnen, als wollte ich mich vergewissern, dass sie tatsächlich da waren, wirklich existierten. Und bis ich endlich beim Präsidium ankam, sah ich mich immer wieder unsicher um, denn ich wusste nicht, ob man sie vermissen würde oder ob es ein Verbrechen war, ein Foto und ein Reclamheft aus dem Besitz eines namenlosen Toten mitzunehmen.

Kommissar Hassan – seinen türkischen Nachnamen kann ich nicht aussprechen, und ich mag die Grübchen in seinem Gesicht, wenn ich ihn mit dieser Anrede zum Lächeln bringe – lachte.

»Solange er sich nicht beschwert, wen stört's? Niemand hat ihn vermisst gemeldet, hätte mich auch gewundert. Selbst wenn, was sind schon ein Foto und ein Reclamheft? Oder hat Ophelia endlich eine heiße Spur in ihre eigene Vergangenheit gefunden?«

Ich seufzte, das hatte ich befürchtet. Ich mochte Kommissar Hassan, er war der erste Mensch, den ich nach meinem Erwachen im Bonner Universitätsklinikum, in diesem neuen Leben kennenlernte. Mit dem kühlen Pragmatismus eines gestandenen Polizisten hatte er mir geholfen, mich an die spärlichen

Fakten zu halten, und so ein neues Leben zu beginnen. Als er jedoch zu einem Freund wurde, konnte er sich damit nicht mehr abfinden, reichte ihm das nicht mehr. Er wollte mehr tun als seine Polizeiarbeit und konnte nicht akzeptieren, dass die Frau, die es vor mir gegeben hatte, ein für allemal tot war. Ihm jetzt zu erklären, dass all das nicht zu wissen für mich das Beste war, ich aber wissen musste, was mit Hamlet, dem unbekannten Toten, passiert war, wurde dadurch nicht gerade leichter.

Was er getan hätte, hätte ich damals so ein Foto dabei gehabt, fragte ich ihn vorsichtig. Er erklärte, mit viel Mühe und Glück könnte man vielleicht herausfinden, wo der Altbau stand, vor dem Vater und Kind aufgenommen worden waren. Aber was sollte das bringen? Am Ende war so etwas meist Zeitverschwendung, ein Urlaubsschnappschuss, ein zufälliger Ort, ganz ohne Bedeutung für den Fall.

»Nicht anders war es doch mit Deinem Ohrring, und der ist immerhin eine Handarbeit, ein Einzelstück. Aber dummerweise nicht von einem Juwelier am Fluss, sondern von einem fahrenden Händler, irgend so einem Künstlertypen eben«, meinte er seufzend, und beugte sich vor, um die winzige Fledermaus zu berühren, die an einem Granatapfel kopfüber von meinem linken Ohr baumelte. Ich trug sie ständig, schließlich hatte das winzige Kunstwerk bei der Reise im Fluss an diesem Körper festgehalten, also gehörte es wohl genau dorthin.

»Aber man muss doch etwas tun können«, protestierte ich, »von irgendwoher muss Hamlet – der Tote – doch gekommen sein!«

»Hamlet«, wiederholte Kommissar Hassan und in seinem Lächeln lag nicht einmal der Hauch von Spott, »Ophelia sucht ihren Hamlet.«

Er seufzte, ich wollte nach seiner Hand greifen, sie berühren, damit er nicht an das Thema rührte, das immer im Raum stand, wir beide jedoch stets vermieden. Hassan mag sich in die Frau aus dem Fluss verliebt haben, aber wir beide wissen, er könnte mich, Ophelia, eine Frau ohne Erinnerung und damit mit dunkler, unklarer Vergangenheit nicht wirklich lieben. Lieben muss man bedingungslos, ohne Fragen zu stellen, und genau das würde er in meinem Fall unter keinen Umständen tun können. Er zog die Hand zurück, er hatte sich bereits wieder gefangen. Als hätte er meine Gedanken gelesen, sprach er mit professionell-sachlicher Stimme weiter:

»Wenn man die Strömungsgeschwindigkeit überschlägt, kommt er irgendwo aus der Gegend zwischen Koblenz und Andernach. Aber auch dort wird er nicht vermisst.«

»Das ist doch immerhin ein Anhaltspunkt«, sagte ich beim Aufstehen.

»Ophelia, du willst doch nicht dorthin«, setzte er an, dann sah er meinen Blick. Er schüttelte den Kopf, »ich kann hier nicht weg, ich habe Wochenendbereitschaft, aber, warte ...«

Eilig schrieb er auf ein Stück Papier: Oberkommissar Ralf Salmbach, Leiter des K3 (Rauschgift) Koblenz, nebst Telefonnummer und Adresse. »Schließlich war dein Toter ein Junkie, vielleicht können sie dir da ja helfen. Aber wenn irgend etwas ist, egal was, egal wann, egal wo, rufst du mich an, verstanden?!«, fügte er hinzu, bevor er noch rasch seine Handynummer dahinter kritzelte. Nicht, dass ich die nicht schon in X-facher Ausführung gehabt hätte ...

Ich bedankte mich lächelnd, beantwortete Hassans Frage, wann wir zusammen Essen gehen, mit dem üblichen »wenn du akzeptierst, dass ich niemand anders als Ophelia bin«, und ging nach Hause. Ich wollte einfach nur noch schlafen.

Zwielicht als stünden Mond und Sonne zugleich hinter den dicken Wolken. Altstadtgerüche. Den Atem des nahen Rheins in der Nase. Kopfsteinpflaster unter den Füßen – unter rennenden, über den holprigen Boden stolpernden Füßen. Deshalb dieses gehetzte Geräusch, das ist der Atem, fährt es mir durch den Sinn! Plötzlich Stillstand, auf einer alten Brücke. Zwei schwarze Flüsse, unaufhaltsam verbinden sie sich. Dazwischen eine Landspitze, darauf ein steinernes Etwas, mit einem Reiter, kaum zu erkennen in diesem Licht. Ein Aufschrei, gefolgt vom verzweifelten Ruf einer männlichen Stimme: »Lia, wo bist du?!«

Ein Wirbeln, das Gefühl von Fledermausflattern und ich bin woanders, vor dem dunklen Steinhaus auf dem Foto. Das Kind steht neben einer Frau, ich kann ihr Gesicht nicht erkennen, nur den roten Haarschopf, der ihren Kopf wie Flammen umlodert. Das Kind lächelt; wen sieht es an, wer steht gegenüber der Frau? Sie legt dem Kind einen Schal aus Stoff um, schiebt es von sich weg. Unsicher tappt es rüber – zu ihm, zu Hamlet. Einen Moment lang sind die Augen der Frau zu sehen, tieftraurig, und trotzdem ist ihr winziges Lächeln keine Lüge.

»Ich muss weg«, sagt sie, mit meiner Stimme.

»Warum«, höre ich ihn fragen. Sie legt ihm den Finger auf den Mund, stellt sich auf die Zehenspitzen, küsst ihn auf die Stirn.

Wieder ein Wirbeln, ein Flattern, ein dunkler Ort über dem Fluss. Ein bedrohlicher Schatten. Ein Aufschrei, ein Fallen, der Schrei wandelt sich zu seiner Stimme, fallend, entgleitend: »Lia, wo bist du?«

Ich sehe an mir herunter, und sehe seine abgetragenen Jeans, nass, so wie sie ihn mir brachten.

Schweißgebadet fuhr ich aus dem Traum hoch. Was war das? Ich träumte nie, meine Nächte waren schwarz und traumlos, manchmal war das Schwarz voller Angst, manchmal war es die Geborgenheit des Flusses, aber Bilder gab es nie. Mir war, als würde ich ein heiseres Lachen hören, das Lachen eines Mannes, doch selbst im Halbdunkel des Morgengrauens war klar, ich war allein.

Als sie verwirrt das Licht einschaltet, begreife ich: Ich kann die Welt durch ihre Augen sehen. Ein kleines Zimmer, möbliert, keine persönlichen Gegenstände erkennbar außer ihrer Kleidung. Und selbst die ist – so grau, so wenig eigen – sie könnte jedem, jeder gehören. Wäre da nicht der Ohrring, mein Ohrring, ich würde mich für verrückt erklären, in der Frau, die zu der Stimme gehört, die Frau erkennen zu wollen, die ich so sehr gesucht habe. Ich muss lachen: Tot und verrückt, das wäre wirklich typisch für mich!

»Tot und verrückt«, kicherte es in meinem Kopf, wieder und wieder, während ich aufstand, mir Kaffee kochte und mich fertig machte. »Tot und verrückt«, das erklärte wenigstens den Traum – es war nicht meiner, sondern musste seiner sein, falls man bei einem Toten von träumen reden konnte. »Gut, sehr gut«, murmelte ich. Manche meiner Toten brauchten etwas Zeit, bis sie verstanden, dass sie mit mir reden können. Nicht alle begriffen das, manche flüsterten letzte Sätze, flüchtige Gedanken vor sich hin, ohne zu wissen, dass ich sie mitbekam, dass jemand sie hören konnte. Dieser Tote konnte mir sogar Bilder schicken, das würde mir sicher bei der Suche helfen.

Eigenartig, dachte ich, als ich mich mit nassen Haaren an meinen winzigen Küchentisch setzte und den Dampf über der großen Kaffeetasse Richtung Fenster blies, so dass die alten Bäume davor für einen Augenblick beinahe im »Nebel« zu verschwinden schienen. Wirklich eigenartig, sonst konnte ich die Stimmen der Toten nur hören, wenn ich im Institut war, am besten direkt neben ihnen stand. Ich trank vorsichtig einen Schluck, der »heiße Nebel« verschwand und die Bäume draußen erstrahlten wieder in spätsommerlichem Glanz. Mein schweifender Blick fiel auf das Reclamheft. Nur Zentimeter von meiner Tasse und doch Welten von mir entfernt lag es, inzwischen wie das Foto wieder trocken, auf dem Tisch. Noch nie hatte ich so etwas getan, in meiner Wohnung, die eigentlich kaum mehr als ein möbliertes Zimmer war, gab es kaum überflüssige oder gar persönliche Gegenstände. Das Geschirr hatte zur Einrichtung gehört genau wie die Tischdecken, die Handtücher, die Bettwäsche. Selbst die Bücher neben dem Bett gehörten niemandem, jedenfalls nicht mir. Ich lieh sie in öffentlichen Bibliotheken aus und achtete stets peinlich genau darauf, sie pünktlich und ohne Spuren meiner Benutzung zurückzugeben.

Fast scheute ich mich, meine Hand auszustrecken und das zerknitterte Heft, das verknickte Foto zu berühren. War es Eingebung gewesen, seine Sachen mitzunehmen? Half ihm das, Kontakt zu mir zu halten, trotz der Entfernung? Einerlei, schüttelte ich den Kopf, immerhin war ich jetzt in einem Punkt sicher: Nicht irgendwo bei Koblenz müsste ich suchen, sondern genau dort.

Entschlossen trank ich den nunmehr lauwarmen Kaffee aus – hatte ich wirklich so lange vor mich hingeträumt? – und stand auf, steckte Büchlein und Bild in meine Tasche. Ich zog mich an, blässlich blaugrau wie immer, aufzufallen war nie meine Absicht. Anschließend spülte ich das bißchen Frühstücksgeschirr, machte Ordnung. Ein Arzt meinte einmal, der Sturz in den Fluss und die Amnesie hätten mich in einen Zustand permanenten Abschieds versetzt. Ich weiß nicht, ob das stimmt; ich denke, jeder sollte jeden Tag so leben, als ob es der letzte wäre. Wer will schon der Nachwelt dreckige Unterwäsche und schmutziges Geschirr hinterlassen? Spuren sollten wie Fußabdrücke am Strand sein, kurzlebig, vergänglich ...

Nachdem ich mich vergewissert hatte, dass alles an seinem Platz war, schloss ich die Tür hinter mir ab und ging, das Bild der zwei Flüsse aus dem Traum noch immer in meinem Kopf.

Es war merkwürdig, am Bonner Loch vorbeizukommen, mit all den Fixern, die hier vor dem Hauptbahnhof zu fast jeder Tageszeit herumhingen. Sonst ignorierte ich sie wie jeder andere Passant auch, aber jetzt sah ich hin und wunderte mich: Sie schienen so vertraut. Ob Hamlet jemals hier gewesen war? Ob ihn hier jemand kannte, Hassans Worten und dem Traum zum Trotz? Ich schüttelte den Kopf, nein, das war es nicht. Vergangenes drängte sich hier nicht auf, nicht zwischen der seltsamen Dreiuneinigkeit aus großbürgerlich-pompöser Bahnhofsfassade, modernen, aber zugleich fast verschämt-versteckten Geschäften in der Europa-Passage und eben dem Krater, dem Loch, dem Amphitheater, das keines sein durfte, weil diesen Chor niemand hören, dieses Stück niemand sehen wollte. Nein, das war ein anderes Gefühl, ein Ziehen, das tief unten aus dem Rücken zu kommen schien, sich durch meinen Körper wand, wie eine Schlange die Venen entlang kroch und mich fast unwiderstehlich hin zum Loch und seinen »Bewohnern« zog. Als ob ich sein Verlangen nach der Droge, das Verlangen, das ihn bis in den Tod begleitet haben musste, nachfühlte, als ob dieses Verlangen noch immer lebendig wäre. In dem Moment war mir, als spürte ich fremden Atem im Nacken, und ich hörte wieder sein leises, heiseres Totenlachen – er war da, bei mir!

Ich überquerte die Ampel und betrat den Bahnhof, ohne dass das Lachen verstummte. Im Halbdunkel der kleinen Gleisanlage mit ihrem Wald aus Verbotsschildern und den dunkel gekleideten »Förstern« des BGS, die entweder befürchten ließen, dass ein weggeworfenes Bonbonpapier sogleich mit standrechtlicher Erschießung geahndet würde oder aber selbst so eingeschüchtert wirkten, dass sogar ich mich gelegentlich dabei ertappte, wie ich ihnen stumm Mut zu machen versuchte, hörte ich sein Lachen und Flüstern trotz Lautsprechern und Eisenbahnlärm. Die ganze Zugfahrt über murmelte er in meinem Nacken meinen Namen, fast fröhlich, auf jeden Fall ungeduldig, wie ein Kind auf Klassenfahrt. Bis kurz vor Koblenz, da verstummte er – oder ich war eingenickt.

Die alte Flussbrücke ... das Reiterdenkmal am Zusammenfluss von Rhein und Mosel ... eine Ahnung des Reviers zwischen all den Häu-

sern ... und der Szene auch ... die Rückseite der Stadt, Kehrseiten, gut, nur allzu gut bekannt. Ophelia, die Stimme, die mich Hamlet nennt, wieso hört sie mich? Wieso trägt sie mich, was immer ich jetzt bin, hierher zurück, ausgerechnet hierher? Schließlich hat sie mich verlassen, damals ... und ich habe sie gesucht, vergeblich. Und warum ahnt sie von all dem nichts? Liegt es daran, dass sie schläft?

Traumlos, schwarz ist ihr Geist. Plötzlich spüre ich Angst, wie eine Welle, riesig und überwältigend. Fast wie Todesangst, was natürlich in meinem jetzigen Zustand blanke Ironie, geradezu lächerlich ist.

Auf dem gewohnten Weg? Zu wessen Ehre?

Da stand ich nun, auf dem Gleis im Koblenzer Hauptbahnhof, starrte rüber zur Karthause, wandte meinen Blick zur Stadt, und war zum ersten Mal ratlos. Ich war mir sicher, absolut sicher, am richtigen Ort zu sein, doch wo sollte ich meine Suche beginnen? Ich spielte mit Hassans Zettel in meiner Hosentasche – nein, das K3 widerstrebte mir, ich wollte nicht erneut hören, dass ich genauso gut gegen Windmühlenflügel kämpfen könnte. Blieben das graue Haus auf dem Foto oder ein Restaurant, das Avocado mit Lachs und Kaviar servierte und dazu teuren, ungewöhnlich schweren Wein kredenzte, was mich spontan auf russische Küche gebracht hatte.

Martha hatte über diesen Einfall zuerst gelacht, dann nachgefragt – ich aber wusste nicht, wo er herkam. Es war mir auch egal, ohne Erinnerungen, ohne Kontext weiß ich fast nie, woher Assoziationen und Ideen kommen oder wohin sie mich führen werden. Manchmal glaube ich, die anderen Menschen machen sich etwas vor, wenn sie für sich stets und ständig solche Zusammenhänge herzustellen versuchen und auch noch Beweise darin vermuten. So einfach funktioniert das nicht, denke ich.

Jetzt lachte jedenfalls niemand über meine Theorie, und so betrat ich die Telefonzelle auf dem Gleis. Laut Telefonbuch gab es nur ein einziges, russisches Restaurant mit dem einfallslosen Namen »Samowar«. Doch dort lief nur der Anrufbeantworter. Für Restaurantbesuche war es noch zu früh am Tag.

Also ging ich die ausgetretene, schmutzige Treppe runter, Richtung Hauptausgang, quer durch das veraltete Gebäude, das nach muffiger Provinz roch. Die Mischung aus Schweiß, Moder, Urin und Imbissgerüchen beschleunigte meinen Schritt. Der Gang, der die verschiedenen Gleise miteinander verband, gab mir mit seinen niedrigen Decken das Gefühl, im Untergrund zu sein, mich in irgendwelchen Katakomben verirrt zu haben. Plötzlich, gänzlich unvermutet und zugleich sehr unpassend wölbte sich der Steinhimmel der Haupthalle hoch über mir, ohne dass ich das Gefühl der Enge, der Bedrücktheit dadurch verlor. Endlich erreichte ich die schweren Glastüren, stieß sie auf, ein Schritt noch – ich war draußen.

Ich brauchte einen Moment, um durchzuatmen, mich zu orientieren. Der provisorische Taxistand war im Baustellen- und Absperrungsgewirr des Vorplatzes kaum zu finden, zumal dort nur ein einziger Wagen stand. Gerade hatte ich die Fahrertür erreicht und den Fahrer dazu gebracht, das Fenster herunterzukurbeln, um einen Blick auf das Foto zu werfen, als auf der anderen Seite ein eiliger Fahrgast in grauem Zwirn die Tür aufriss. Ich sprang zurück, da brauste der Wagen bereits davon. Sprachlos starrte ich der Taxe hinterher.

»Das is Ihnen runtergefallen«, sagte eine kratzige Stimme hinter mir, bevor die weiteren Worte im Husten untergingen.

Erschrocken drehte ich mich um und starrte einem Jungen mit Zahnlückengrinsen ins Gesicht. Struppige, braune Haare, schorfige Haut, die Sommersprossen kaum zu unterscheiden von was auch immer seine Krankheit sein mochte. Die Augen schienen das einzig wahrhaft Lebendige an ihm. Sein fragender Blick war geradezu gierig, hungrig, als er mir das Foto entgegenstreckte. Ich wollte danach greifen, als er es wieder zurückzog und erkannte: »Mensch, das is ja Raffael!«

»Sie kennen ihn?«, fragte ich vorsichtig, ängstlich, mein Interesse könnte ihn verschrecken, »wissen Sie, wo ich ihn finden kann? Oder wer mir etwas über ihn erzählen kann?«

»Nein – ja, doch – vielleicht – was wär'n das wert?«, wollte er wissen. Über derlei Verhandlungen hatte ich mir noch gar keine Gedanken gemacht, also nahm ich das Foto wieder an mich und zuckte mit den Achseln.

Sie hat echt Nerven. Lia – oder Ophelia, wie sie sich jetzt nennt, geht tatsächlich mit Krätze, der seinen Namen mehr als verdient, ins Café gegenüber dem Bahnhof. Verrückt, aber typisch für sie. So ähnlich habe ich sie auch kennengelernt. Was offensichtlich heißt, meine Erinne-

rungen kommen zurück. Aber die Angst bleibt, wird sogar stärker, ohne dass ich sie wirklich zu fassen kriege. Verdammt, ich muss rauskriegen, was hier nach Gefahr stinkt und wem die droht.

Jetzt hatte er einen Namen – Raffael. Aber viel mehr konnte mir der Junge auch nicht sagen, nachdem ich sein Frühstück bestellt und zugeschaut hatte, wie er es in Rekordzeit runterwürgte, um noch ein zweites zu erbetteln. Früher hätte er Raffael häufiger in der Stadt und auf der Szene getroffen, aber das sei schon eine Weile her. Es gab Gerüchte, Raffaels Alter hätte mal wieder Druck gemacht, seinen Sohn quasi aus der Stadt vertrieben. Es wäre jedenfalls nicht das erste Mal, aber Raffael wäre noch immer irgendwann wieder aufgetaucht.

Das Haus auf dem Foto dagegen sagte dem Jungen rein gar nichts. Er war immer davon ausgegangen, dass Raffael wie er selbst auf der Straße lebt, ganz bestimmt nicht in so einem großen Haus. Er wusste nicht mal, dass Raffael ein Kind hatte – »noch dazu eine kleine, rote Löwin wie Sie, hätt ich ihm gar nicht zugetraut«, meinte er marmeladenverschmiert grinsend –, und leierte mir zum Schluss noch einen Zehner aus den Rippen.

Nachdenklich sah ich ihm hinterher, wie er das Café verließ, während ich mir einen weiteren Kaffee bestellte. Ich konnte mir sein Leben auf der Straße beim besten Willen nicht vorstellen. Allerdings hatte ich genausowenig eine Vorstellung davon, wie es sein musste, zur Schule zu gehen, Eltern zu haben, Erinnerungsfotos, Bankhypotheken und dergleichen mehr durchs Leben zu tragen. Eben all die Dinge, die den Menschen um mich herum so selbstverständlich erschienen, und deren Fehlen in meinem Leben sie erschreckte. Dass dies für mich längst kein Mangel mehr war, begriffen sie nie, nie wirklich. Sie alle schleppten Vergangenheiten wie Zukünfte mit sich herum. Jeder Schritt war die Konsequenz vorangegangener und erzeugte vor sich eine Bugwelle neuer Folgen. Allzu selten, so kam es mir vor, waren sie im Hier und Jetzt. Der Moment, jeder Moment wurde in ihren Leben sogleich Teil einer großen, langen Kette. Für mich war jeder Augenblick ein Stein, geworfen in einen See:

Kleine Kreise winziger Wellen, die den Spiegel des Wassers nur für Sekunden trüben, bevor er wieder glatt und ganz ruhig wird. Vielleicht, dachte ich, vielleicht will ich Raffaels Geschichte finden, um zu sehen, ob sie der der anderen gleicht, die in ihrem Leben eine Rolle auf einer Bühne spielen oder einen Roman, eine Erzählung daraus spinnen. Denn als ich dem Jungen nachblickte, sah, wie er draußen weitere Passanten ansprach, kam es mir vor, als ob diese Art zu leben sehr viel mehr mit meinem Dasein zu tun hatte: Momente, nichts als Momente – wie Gedichte oder Graffitis, wie ein Aufschrei oder ein einzelner Satz, zusammenhanglos, sinnlos und frei, weil außerhalb des Flusses der Zeit.

Als ich nach einem weiteren Kaffee allein mit meinen Gedanken zur Theke zum Bezahlen ging, wollte die Kellnerin wissen, was ich »mit so einem Typen wie dem da vorhin« wollte. Also zeigte ich auch ihr das Foto. Sie erkannte niemanden darauf, rief aber ihren Kollegen aus der Küche, um mit ihm zu beratschlagen, ob das Haus nicht das neben der alten Bäckerei in Lützel wäre. Der Koch war ebenso unschlüssig, er hätte eher auf die neue Apotheke als Nachbarschaft getippt, da, wo früher der Blumenladen drin war. Mir sagte das eine so wenig wie das andere, doch nachdem mir klar wurde, dass sie beide über den selben Stadtteil sprachen, wollte ich nur noch wissen, wie ich da am besten hinkam: Am billigsten mit der Bahn, es sei nur eine Station, hieß es.

Ich überquerte erneut Straße und Baustellengewirr und kaufte eine weitere Fahrkarte. Da ich noch Zeit bis zur Abfahrt hatte, rief ich versuchsweise noch einmal im Restaurant an, wo ich wieder nur den Anrufbeantworter erreichte. Auf Hassans Mailbox hinterließ ich die Nachricht meines ersten, kleinen Triumphes: Hamlet war Raffael, und Raffael war tatsächlich auf der Koblenzer Szene bekannt! Anschließend probierte ich doch mein Glück beim K3: Tatsächlich hatte Oberkommissar Salmbach Wochenenddienst. Zur Zeit war er in einer Besprechung, teilte die Sekretärin mir halb gelangweilt, halb bedauernd mit. Ich ließ ihm ausrichten, dass ich seine Hilfe bei der Identifizierung eines toten Fixers brauchte, der in Bonn aus dem Rhein gezogen worden war und vermutlich aus der Gegend hier stammte, und legte auf.

Als sie nach Salmbach fragt, will ich sie am liebsten packen, ihr den Hörer entreißen, laut schreien – aber für all das braucht man einen Körper. Und wenn ich den noch hätte, wäre der in diesem Moment zerrissen zwischen der Sehnsucht, sie zu spüren, und dem Verlangen nach Stoff. Egal, selbst, wenn der größte Teil meines meist zugedröhnten Gedächtnisses noch irgendwo im Rhein rumschwimmt, dieser letzte Anruf ist Schwachsinn hoch acht, das ist gefährlich, mit dem soll sie besser nicht reden. So tot kann ich gar nicht sein, dass mir das entgeht!

Ich spürte seine Aufregung. Meine Haut kribbelte, als hätte ich mich in einen Ameisenhaufen gesetzt, mein Herzschlag, obschon regelmäßig wie eh und je, schien lauter, pochender, drängender, und in meiner Kehle war ein kratzendes Gefühl, als wollte sich eine zweite, tiefere Stimme dort den Weg nach draußen bahnen.»Beruhige dich«, murmelte ich in mich hinein, in der Gewissheit, seine Reaktion bestätigte lediglich die Richtigkeit meines Spürsinns, »beruhige dich, Raffael ... tut mir Leid, dich daran zu erinnern, aber einem toten Junkie kann ein lebender Kripomann kaum noch etwas anhaben.«

»Darum geht es nicht«, sagte Raffael; er hatte begriffen, wie wir miteinander reden konnten, »aber im Dreck eines toten Junkies rumzustochern, der nur eines sicher weiß – ich hab's nicht selber gemacht –, das kann nach hinten losgehen. Ist nicht sehr vernünftig.«

Das klang einleuchtend, war mir aber zu vage. Außerdem, kicherte ich, wie vernünftig war es schon, mit Toten zu reden? Und dann fühlte es sich an, als würde er seufzend lächeln, »genau das liebe ich an dir, Lia, habe ich immer an dir geliebt: Die sture Unvernunft in Person.«

»Bitte?!«, entfuhr es mir laut. Ich war von meinen Toten einiges gewohnt, aber dass sie behaupteten, mich zu kennen, war neu. Und es ergab auch keinen Sinn, schließlich erinnerte sich Raffael nicht mal an die genauen Umstände seines eigenen Todes. Zugegeben, ich wusste weder, wie das Gedächtnis überhaupt funktionierte, sei es das von Lebenden oder von Toten, noch war mir erklärbar, warum ausgerechnet ich die Toten hören konnte, aber das schlug doch dem Fass den Boden aus.

»Na und?«, setzte er an, »Offensichtlich funktioniert es. Was immer es ist, du hast mich hierher geschleppt. Und ich sag dir jetzt, ich hab'n echt beschissenes Gefühl dabei, sollte dir das nicht –.«

Weiter ließ ich ihn nicht kommen, ich schüttelte unwillig den Kopf, begann demonstrativ vor mich hin zu summen. Wir sollten lieber vorsichtiger sein, die Leute im Abteil guckten schon komisch. Betont desinteressiert starrte ich aus dem Fenster und fixierte die schmutzigen Industriegebäude und heruntergekommenen Kasernen, an denen unser Weg vorbei führte. Wie es sich hier wohl lebte, fragte ich mich. Ob die graue Hässlichkeit mit der Zeit wohl heimatlichen Charme entwickelte, lenkte ich mich von der Stimme in meinem Kopf ab, bis sie nur noch ein Rauschen im Hintergrund war, rhythmisch, einlullend wie das Geräusch der Eisenbahnschwellen unter den Stahlrädern des Vorortzuges.

Am winzigen Bahnhof in Lützel hatte ich mehr Glück mit den Taxen, beide waren frei, und der eine Fahrer war sofort bereit, mit mir nach dem grauen Steinhaus auf dem Foto zu suchen. Hamlets – oder vielmehr Raffaels – Warnung zum Trotz, der wolle mich nur abzocken, stieg ich ein. Und stand eine halbe Stunde später, knapp dreißig Mark ärmer, vor dem alten, zweigeschossigen Haus. Mein kleines Triumphgefühl stieß auf keine Gegenreaktion meines toten Begleiters. Nun gut, dachte ich achselzuckend, sollte er schmollen. Aber wenn er meinte, mich mit dem zittrigen Gefühl von irgend etwas abzuhalten, hatte er sich geschnitten. Mit betont festem Schritt ging ich auf das Haus zu.

Es gab nur eine Klingel, Regine und Marcel Morceaux stand darauf. Er selbst hatte wohl nicht hier gewohnt, wer weiß, vielleicht war Regine die Mutter des Kindes und Marcel sein Nachfolger? Ich atmete tief durch und klingelte. Nichts rührte sich. Ich klingelte erneut, noch immer keine Reaktion. Also ging ich die Garagenauffahrt hoch, um einen Blick in den Garten zu werfen, der im Gegensatz zum düsteren, strengen Grau des Hauses zart-bunt und ein wenig verwildert war. Ich entdeckte eine Schaukel und einen Sandkasten zwischen zwei alten Obstbäumen, das passte zu der Vorstellung, dass ein Kind mit im Haus lebte. Ansonsten war das Ganze eine weitere Fehlanzeige, denn die Idylle zwischen hohen Häuserwänden war menschenleer. Detektivspielen war ganz und gar nicht so einfach, wie ich es mir vorgestellt hatte.

»Was machen Sie denn da?«, schallte es plötzlich misstrauisch-neugierig aus einem Fenster des gegenüberliegenden Hauses, das offenbar ein nachträglich modernisierter, mit Klinker aufgehellter Klon des Morceaux'schen Heimes war, »Regine ist nicht da!«

Ich drehte mich zu der Frau um, die in Kittelschürze und Kopftuch die Fenster putzte, und kam ein Stück näher. Sie ließ das Fensterleder ins Putzwasser auf dem Blumenbrett gleiten und stieg selbst von ihrer Leiter herab, ohne den Blick von mir zu nehmen.

»Wo ist sie denn hin – oder können Sie mir sagen, wann sie wiederkommt?« Ich bemühte mich, unverbindlich freundlich zu klingen, wollte ihr Misstrauen besänftigen. Aber das war gar nicht mehr nötig, denn mit einem Mal hellte sich ihre Miene auf.

»Ach, Sie sind das, Regine wird sicher überrascht sein, wo Sie doch seit letztem Frühjahr nicht mehr hier waren!« rief sie aus.

»Wie bitte?«, wollte ich verwirrt wissen, »Kennen wir uns?«

»Moment, ich komm rüber, gehen Sie nicht weg, warten Sie!« rief sie mir aufgeregt zu, bevor sie das Fenster schloss.

Was sollte ich tun? Weglaufen, die Angelegenheit vergessen? So etwas war mir noch nie passiert. Anfangs hatte ich darauf gehofft, dass mich eines Tages ein Fremder auf der Straße ansprechen würde, weil er oder sie in mir die Frau, die ich gewesen war, wiedererkannte. Vielleicht, dachte ich damals, würde mir das Wissen um die verlorene Vergangenheit helfen, einen Weg in mein unbegreifliches Dasein im Jetzt zu finden. Je mehr ich mich jedoch in meiner gedächtnislosen Existenz einrichtete, um so mehr begann ich, solche möglichen Begegnungen mit dem »Davor« insgeheim zu fürchten. Nach ein paar Monaten verschwand allmählich der Gedanke ganz, dass jemand aus dem Dunkel der Vergangenheit meines Körpers auftauchen und mich damit konfrontieren könnte, als habe das unbekannte Gestern mit dem Vergessen nun tatsächlich aufgehört zu existieren. Als müsste ich die Vergangenheit nur loslassen, nicht mehr danach suchen, damit sie mich losließ, mich freigab für das Leben.

Und jetzt, so schien es, trat sie mir in Gestalt der Fensterputzerin entgegen. Auf dem Weg nach draußen hatte sie sich ihrer Kittelschürze entledigt; in ausgebleichten Jeans und modisch-gestreiftem T-Shirt kam sie aus ihrer Haustür. Gespannt den Atem anhaltend starrte ich sie an. Ich erkannte sie nicht. Sie griff nach dem Kopftuch, zog es sich im Gehen runter und stopfte es achtlos in die Hosentasche. Dann sprudelte sie los, während sie mit den Fingern tastend die blondierten Locken zu ordnen versuchte.

»Also, kennen tun wir uns nicht, jedenfalls nicht direkt«, setzte sie an, und ich wollte mich bereits innerlich ein wenig entspannen. Doch da fuhr sie schon fort: »Aber man sieht doch gleich, dass Sie Maries Mutter sind – die Frau auf dem Bild bei Regine! Sie Ärmste, geht es Ihnen denn wieder besser?«

Sie stand nun direkt vor mir, beugte sich sogar zu mir herunter, als wollte sie mir, gleich einer ältlichen Tante ihrer Nichte, in die Wange kneifen. Ich musste mich beherrschen, um keinen Schritt zurückzuweichen, schließlich wollte ich sie ja nicht beleidigen oder gar ihr Misstrauen erneut wecken.

»Die Kleine scheint sich zu fangen, sagt Regine, aber das weiß man so genau natürlich nicht«, fuhr sie schon fort, ohne Keiferei. »Und die Ärzte, naja, seit wann legen die sich bei sowas fest, die sagen nie, was wirklich los ist ... Eine schreckliche Geschichte ... Ihnen mache ich ja keinen Vorwurf, Liebe macht blind, auch wenn ich mich nie mit so jemandem wie dem eingelassen hätte. Gut, zu meiner Zeit gab es auch noch nicht so viele von, von denen –.«

Was meinte sie bloß damit? Sie war keine Großmutter, sondern vielleicht Ende dreißig oder Anfang vierzig, es war doch nicht so, als trennten uns beide Generationen. Aber sie ließ mich nicht zuende denken, ließ nicht zu, dass ich mich in meinen eigenen Gedanken gänzlich verlor. Unaufhörlich redete sie weiter, in einem fort, mit dieser einen Ton zu schrillen, einen Tick zu lauten Stimme. So kam ich nicht dazu zu greifen, zu begreifen, was da irgendwo in den Tiefen meines dunklen Wesens vor sich ging, denn das Ende ihrer Ausführungen erwischte mich wie ein Schlag in die Magengrube, ohne dass ich hätte sagen können, was genau der handfeste Schock daran war.

»So ein Schwein, steckt Sie und das Kind mit diesem Dreck an, und Sie können sehen, wie Sie den Rest Ihres Lebens mit einer Hepatitis klarkommen! Aber – aber was ist denn?!«

Kann die dämliche Klatschbase nicht ihre Klappe halten und aufhören, diesen Mist zu verbreiten? Selbst jetzt, wo mich das alles streng genommen nicht mal mehr etwas angeht, dreht sich mir der Magen um, wenn ich nur daran denke: Als Lia schwanger wurde, so plötzlich, das alleine war schon heftig genug. Ich war gerade erst ein paar Wochen clean, hing zwischen dem Rausch, der ihre Liebe war, und dem Zwang, es diesmal schaffen zu müssen, schaffen zu wollen. Der Gedanke an ein Kind, so schnell, wo wir beide noch viel zu unsicher waren in allem, war überwältigend, einfach nur überwältigend.

Es war verrückt, wir hatten einen Termin in der Klinik, für den Abbruch, doch bereits auf der Schwelle machten wir kehrt. Ohne ein einziges Wort. Ohne uns anzusehen. Es war einfach klar, es ging nicht, das konnten wir nicht tun. Das Kind sollte leben, wie die Liebe zwischen uns.

Und dann überschlugen sich die Dinge. Lia bekam die Gelbsucht, mitten in der Schwangerschaft. Das war zuviel, zuviel für uns beide. Bei der dramatischen Geburt Maries traute ich mich nicht, auch nur in ihre Nähe zu kommen, weil es doch so verdammt offensichtlich war: Hepatitis C, das konnte nur heißen, dass sie es von mir hatten, irgendeine verschissene, verseuchte Nadel halt, mit der ich es mir besorgt hatte. Ich konnte mich nicht einmal an eine akute Gelbsucht erinnern, dachte halt, ich war selbst dafür zu zugeknallt. Aber jetzt hatte ich den Dreck den beiden Menschen angetan, die mir als einzige irgend etwas bedeuteten. Zum ersten Mal in meinem Leben fühlte ich mich wirklich wie das Stück Scheiße, das ich in den Augen meines Vaters schon immer gewesen war. Und jetzt, jetzt weiß ich nicht, wünsche ich mir wirklich, Ophe/Lia erinnert sich, wenn sie aus der verdammten Ohnmacht erwacht?

Verschwommen sah ich zuerst einen röhrenden Hirsch, als ich die Augen aufschlug. Eine vorsichtige Drehung des Kopfes, und ich blickte auf geraffte Vorhänge an einem strahlenden Fenster, vor dem ein knallroter Plastikputzeimer stand. Mein Blick glitt weiter und ich begriff, dass ich auf einem grünlichen Sofa in einem altdeutschen Wohnzimmer lag. Zwei Frauen – in der einen erkannte ich jetzt die Fensterputzerin – saßen auf den Sesseln und unterhielten sich leise, als hätte ich nicht das Bewusstsein verloren, sondern mich nur zu einem Mittagsschlaf hingelegt.

»Was ist passiert?«, wollte ich, noch leicht benommen, wissen. Abrupt wandten sich die beiden mir zu.

»Lia, bist du es wirklich?« wollte die jüngere, mir unbekannte Frau wissen, die wie die weibliche, blonde und etwas ältere Ausgabe Hamlets wirkte. Natürlich war ich nicht diese Lia, offenbar die Mutter seines Kindes, die er beide angesteckt haben musste, wenn an dem wirren Zeug, an das ich mich aus der Ohnmacht zu erinnern glaubte, etwas dran war. Das hatte ja irgendwann so kommen müssen, dass sich einer meiner liebenswürdigen Toten im Leben als mieser Kerl herausstellte, fluchte ich stumm, und schüttelte leise den Kopf. Die Frau – Regine – reagierte verwirrt.

»Sie sehen ... Sie sehen fast genauso aus wie Lia, ein bisschen schmaler, etwas blasser, andere Frisur, aber das kann doch nicht sein«, hielt sie mir entgegen, »Sie tragen sogar denselben Ohrring, den mein Bruder für Sie ... für Lia gemacht hat.«

Ich wusste nicht, was ihr darauf antworten. Hamlet hatte natürlich nichts Besseres zu tun, als ihr recht zu geben: »Ich hab's doch die ganze Zeit gesagt, Lia, du bist Lia«, hörte ich ihn in meinem Kopf. Allerdings klang er unsicher. Klar, wenn er glaubte, ich wäre sie, dann glaubte er auch, er hätte mich infiziert. Das ließe sich überprüfen, Martha würde das sicher für mich tun, ging es mir durch den Sinn, und über all dem verpasste ich die Unterhaltung in meiner Umgebung.

» ... können Sie aufstehen? Ich möchte Ihnen etwas zeigen«, schloss Regine, was auch immer sie mir gerade zu sagen versucht hatte. Ich nickte und erhob mich. Unter röhrenden Hirschen hatte ich mich noch nie wohl gefühlt, so viel war sicher.

Gemeinsam gingen wir hinüber in Regines Haus, dessen Inneres sehr viel heller und freundlicher war, als die düstere, alte Fassade vermuten ließ. Im Flur, neben einer Pinnwand mit Familienschnappschüssen von ihr, dem Kind, einem unbekannten, jüngeren Mann (vermutlich Marcel) und einem älteren, dem Großvater des Kindes, hing eine gerahmte Zeichnung. Zugegeben, im ersten Moment war ich erschüttert über die Ähnlichkeit mit Lias Porträt – mit etwas längerem Haar hätte man uns beide für Schwestern halten können! Und der Ohrring war nicht zu übersehen.

Jetzt wird es interessant, denn eines weiß ich ganz genau: Den Fledermausohrring hab ich nur einmal gemacht, für Lia.

»Du hast mich wie eine Fledermaus in meinem Dunkel gefunden, und wenn ich dein Dunkel nicht erhellen kann, dann bleibe ich lieber mit dir in der ewigen Nacht ...«, habe ich ihr damit versprochen.

Und plötzlich frage ich mich, ob nicht genau das gerade passiert – wir beide, vereint, in Dunkelheit, in der meines Todes und der ihres merkwürdigen Beharrens darauf, nicht diejenige zu sein, die sie ist.

Regine und die Nachbarin starrten mich erwartungsvoll an, ich wollte seine Stimme in meinem Kopf loswerden, also legte ich einfach los:

»Ich ... ich bin Lias Schwester, Ophelia. Ich war lange im Ausland, wusste nicht, was mit ihr ist, bis sie mir dieses Bild von Raffael und dem Kind geschickt hat«, improvisierte ich, während ich das Foto aus der Tasche kramte, »mir war auch nicht bewusst, dass Lia – und das Kind – krank sind. Und, der Ohrring – naja – der war auch in dem Brief.«

Regine seufzte, sie hätte nichts von einer Schwester Lias gewusst. Sie stellte sich ihrerseits als Raffaels Schwester vor, die seit Lias Verschwinden gemeinsam mit ihrem Mann Marcel für das Kind sorgte.

»Und ihm, ihm das Kind überlassen – niemals!«, fügte die Nachbarin hinzu, ganz so, als ob das nur ihrem persönlichen Einsatz zu verdanken sei. Regine brachte sie mit einem wütenden Blick zum Schweigen.

»Mein Bruder ... egal, was Sie von ihm denken mögen, wenn Sie die ganze Geschichte gehört haben, er hat Ihre Schwester wirklich geliebt, liebt sie im Grunde noch immer. Und Lia, für Lia hat er immerhin versucht, ein normaleres Leben zu führen, wenn auch nicht sehr erfolgreich. Er wusste nichts von seiner Infektion, bis Lia plötzlich erkrankte ... es hat ihn umgehauen, buchstäblich aus der Bahn geworfen. Es war ihm nie in den Sinn gekommen, sich testen zu lassen, und dann das. Ich hab nie verstanden, ob er selbst keine Gelbsucht hatte oder wie er die übersehen konnte, vor allem, nachdem Vater vor ein paar Jahren mal eine akute bekam. Aber wenn er drauf ist, ist er drauf. Raffael hat nie halbe Sachen gemacht, und weil das ganz und gar für Lia galt, hat er nie verkraftet, sie angesteckt zu haben – egal, wie sehr sie betonte, dass das doch nicht seine Absicht gewesen sei, egal, wieviele Anläufe die beiden unternahmen –«, sie unterbrach sich, schaute mich fragend an, als wollte sie wissen, ob ich verstand. Ich nickte nur stumm, mit meiner improvisierten Lüge hatte ich mir selbst das Fragen verbaut.

Die beiden Frauen führten mich in die Küche, ein heller Traum aus blau gebeiztem Holz, den ich nicht hinter dem dunkelgrauen Steingesicht des Hauses vermutet hätte und der auf den ersten Blick nicht zu Regine passte, die wie eine durch und durch moderne und praktisch orientierte Frau wirkte. »Viktorianisch« kam mir in den Sinn, und ich wusste wie üblich nicht, woher dieser Gedanke kam. Zugleich war dieser Raum gar nicht »viktorianisch-zugeknöpft«; vielmehr schien Regine hier eine eigene Vision, ihre persönliche Einladung an die Welt verwirklicht zu haben. Für einen Moment versuchte ich mir Raffael am großen Küchentisch vorzustellen, sicher hatte er in der Vergangenheit seine Schwester besucht, hatte ihr womöglich sogar beim Renovieren geholfen, wenigstens aber gelegentlich hier gesessen, mit ihr geredet oder dergleichen. Doch die Geschäftigkeit der beiden Frauen verwischte die flüchtigen Bilder in meinem Kopf.

»Setzen Sie sich doch«, Regine bot mir mit einer Geste die Eckbank an, von der aus man das Fenster mit der zugewachsenen Einfahrt dahinter überblickte, »ich bin auch gleich soweit.«

Sie schob Hedwig, die Nachbarin, sanft Richtung Kaffeemaschine, während sie selbst begann, routiniert ihre Einkäufe auszupacken und ihre Erzählung fortzusetzen. Das Klappern von Schranktüren und bald auch Kaffeeduft begleiteten ihre Worte.

»Es war nicht einfach für die beiden, das geb ich gerne zu. Sie versuchten es, beide, und trotzdem, nach der Geburt ging es für beide bergab: Sie hat sich mehr und mehr in ihre Schwermut vergraben, er hing bald wieder an der Nadel.«

Regine hielt einen Moment inne, angelte ein hohes Spaghettiglas von einem der Schränke und schüttete die Nudeln hinein. Sie blickte nachdenklich, stellte das Glas auf seinen Platz zurück, und sprach weiter.

»Kann sein, es dauerte eine Weile, es wurde später ein dauerndes Hin und Her, mal ging es besser, dann wieder gar nicht. Aber eines Tages war zumindest sein X-ter Rückfall nicht mehr zu übersehen. Was ihm erwartungsgemäß Ärger mit unserem Vater einbrachte, das alte Lied. Sie haben sich nie verstanden, seine Sucht war ein ständiger Streitpunkt. Seltsamerweise war dieser Ärger das einzige, was Lia für alle sichtbar aus ihrer Schwermut rausriss. Zuvor hatte sie nur ein einziges Mal versucht, zu vermitteln, kurz nachdem sie und Raffael sich kennengelernt hatten. Das war auch nötig ...«

Regine faltete die Einkaufstüten ordentlich zusammen, strich sie methodisch glatt, als wollte sie damit zugleich die Erinnerungen glätten.

»Wissen Sie, unser Vater ist der Ansicht, Raffael kann mit seinem Leben machen, was er will, aber nicht hier, nicht in seiner Stadt. Jedenfalls hat sie wohl wieder versucht zu vermitteln. Ich denke, es ist ihr nicht gelungen, denn kurz darauf verschwand sie, nachdem sie die Kleine zu mir gebracht hatte«, schloss Regine ihren Bericht und die letzte Schranktür obendrein. Sie stellte mir einen Becher Kaffee hin und setzte sich neben die Nachbarin. Ich nahm die Tasse, zögerte, hoffte erst noch, sie würde fortfahren. Aber nichts geschah.

»Und Sie haben sie nie wieder gesehen? Nicht mal Raffael hat sie gesehen, ich meine, vielleicht könnte er mir weiterhelfen?«, brach ich schließlich den Moment des Schweigens. Das durfte nicht sein, schoss es mir durch den Kopf.

Regine goss Milch in ihren Kaffee und verneinte. Raffael sei vollends abgestürzt, er habe versucht, Lia zu finden, und sei dann selbst für Monate irgendwo in der Umgebung abgetaucht. Das Übliche eben. Bis er vor drei Tagen plötzlich vor ihrer Tür stand, abgerissen, kaputt, voller Wut auf irgendwas und voller Sorge um die kleine Marie.

»Er redete wirres Zeug, keine Ahnung, angeblich kam er aus dem Krankenhaus, vermutlich war er total zugeknallt. Er beruhigte sich etwas, als ich ihm sagte, dass es Marie besser geht. Ich hatte Sorge, weil unser Vater manchmal um diese Zeit vom Dienst kommt, um nach seiner einzigen Enkelin zu schauen. Und so sehr ich meinen kleinen Bruder trotz allem mag, den Schiedsrichter für die beiden spiele ich schon lange nicht mehr. Besser, sie begegnen sich erst gar nicht, schon gar nicht hier, bei mir ... Raffael lachte nur, als ich ihm das sagte. Er meinte, ihm wär's egal, wo er ihn trifft. Mit dem Alten hätte er ohnehin noch was zu klären. Was er natürlich nicht gemacht hat«, seufzte sie und schüttelte den Kopf, bevor sie bedauernd hinzufügte, »denn als ich Vater gestern abend danach fragte, war er erstaunt – er hatte ihn nicht gesehen.«

Das alles bestätigte zwar, dass Hassan recht hatte, Raffael war hier in der Nähe in den Fluss geraten, aber ansonsten erklärte es gar nichts. Und obwohl ich keinen Grund hatte, an ihren Worten zu zweifeln, irritierte mich irgend etwas zutiefst. Ich fragte nach, ob er vielleicht das Krankenhaus erwähnt hatte, möglich, dass er dorthin zurück sei? Sie wusste es nicht, hielt es aber für unwahrscheinlich, weil er Krankenhäuser nicht mochte und selbst noch betont hatte, die Stichwunde sei kaum wert gewesen, genäht zu werden.

War sie auch nicht. Sie war nicht der Rede wert, weder verglichen mit dem, was mir da erschreckend klar wurde, noch mit dem, was danach kam und jetzt wieder heraufdämmert. Von wegen, im Moment des Todes sieht man sein Leben im Zeitraffer vorbei rauschen – an so etwas erinnere ich mich jedenfalls nicht. Vielmehr scheint das Ganze als eine Art Zeitlupe zu funktionieren, was natürlich auch eine bizarre Spezialität eines toten Junkiebewusstseins sein kann. So richtig schnell war mein Kopf im Leben schließlich auch nicht immer.

Der Höflichkeit halber musste ich noch eine Weile bei Regine bleiben. Eigentlich wollte ich schon das Telefonat als Ausrede zum Gehen benutzen, doch sie drängte mir förmlich den Apparat im Wohnzimmer auf. Während sie mit Hedwig oben nach der Kleinen schaute, erfuhr ich, dass Oberkommissar Salmbach vermutlich am Abend Zeit für mich hätte, für alle Fälle gab man mir seine Handynummer. Ich sollte einen Treffpunkt vorschlagen und nannte, ohne lange zu überlegen, den Namen des russischen Restaurants und eine Uhrzeit. Regine, die gerade wieder herunterkam, wollte nichts davon hören, dass ich mir so lange die Zeit in der Stadt vertrieb, und so erfuhr ich mehr über die verschwundene Lia, als mir lieb war.

Lia musste ebenso schön wie rätselhaft gewesen sein, aber es gab außer Raffaels Zeichnungen keine Bilder von ihr. Fotos hatte sie genauso gehasst wie Fragen nach der Vergangenheit – allmählich konnte ich verstehen, warum Raffael darauf beharrte, ich sei Lia. So, wie Regine von der Liebe zwischen ihr und ihrem Bruder sprach, wünschte ich mir fast, ich wäre sie oder wenigstens, dass ich Raffael im Leben statt im Tod getroffen hätte. Und vor allem wünschte ich mir, mir wäre eine kreativere Erklärung für mein Auftauchen hier eingefallen, wenn ich schon weder Mut noch Möglichkeit besaß, mit der Wahrheit herauszurücken.

»Sind Sie und Lia eigentlich Zwillinge?«, wollte Regine von mir wissen.

»Nein – ja – doch«, stotterte ich, mich in meinen Notlügen verstrickend, »also, wir sind wohl Zwillinge, soweit ich weiß, aber –.« Ich stockte ein weiteres Mal, rang um Ideen. Lügen zu finden, wo es keine Wahrheit gibt, war mir noch nie leicht gefallen, »– also, wir sind nicht zusammen aufgewachsen. Leider.«

Regine nickte seufzend. Sie hatte wohl mehr von mir erwartet, eine Erklärung für Lias Verhalten vielleicht. Ich dagegen hoffte auf Hilfe, auf stummes Soufflieren durch Raffael. Er musste Lia besser als jeder andere gekannt haben, aber von ihm kam nichts. Im Gegenteil, es schien ihm regelrecht Spass zu machen, mich so in der Luft hängen zu lassen.

Wer lässt hier wen hängen? Wie könnte ich ... nein, falsch, ganz falsch. Ich hab sie hängen lassen, mehr als einmal. Zuerst, weil ich's einfach nicht kapiert hab, nicht sehen konnte, was passierte. Dann, weil ich nicht glauben konnte, dass sie mich immer noch wollte, trotz der Krankheit, trotz des Rückfalls, den ich Idiot natürlich unweigerlich gebaut hab damals. Und als ich endlich begriff, zumindest begriff, dass sie mich immer noch liebte, war es zu spät. Sie war weg.

Jetzt ... jetzt ist sie da, und doch wieder nicht. Kann es sein, dass ich mich schon wieder täusche, dass die Frau, die sich Ophelia nennt, wirklich Lias Schwester – nein, das ist ihre *Lüge, ihr Schutz. Aber Schutz wovor? Vor mir? Hat sie das tatsächlich nötig – zumal ich doch –. Nur, was weiß ich schon wirklich von Lia – außer, dass sie die Liebe meines verkorksten Daaseins war, dass sie mich geliebt hat, einfach so?*

»Hat Lia Ihnen denn gar nichts über ihre Familie erzählt, wo sie aufgewachsen ist, all das?«, mischte sich Hedwig, die neugierige Nachbarin, ein und wandte sich im selben Atemzug geradezu vorwurfsvoll an Regine. »Also, ich hab mir zwar denken können, dass sie ... dass sie verschlossen sein muss, sonst hättest du sie mir bestimmt vorgestellt, aber irgend etwas musst selbst du doch über sie wissen!«

»Wenn selbst ich bis vor kurzem nicht einmal von Lias Existenz wusste«, sprang ich zu Regines Verteidigung in die Bresche, »vielleicht ging es ihr dann ähnlich? Ich meine, ich habe nicht einmal ein Foto von meinen – von unseren – leiblichen Eltern. Ich kann nicht mal sagen, wie Lia mich überhaupt ausfindig machen konnte. Aber bis ich von ihr hörte, habe ich nicht mal im Traum daran gedacht, nach meiner Familie zu suchen. Vielleicht hatte sie kein Interesse daran – zumindest, bis –.«

Ich verstummte, wollte mich nach den Bröckchen verborgener Wahrheit nicht wieder auf das glatte Eis von Lügen und Spekulationen begeben. Hedwig starrte mich ohnehin bereits ungläubig an. Dass jemand keine Lust auf klatschträchtige Details haben könnte, war offensichtlich jenseits ihrer Vorstellungskraft. Regine dagegen versuchte immer noch, dort tatsächliche Zusammenhänge zu begreifen, wo ich lediglich fantasievoll improvisiert hatte.

»Aber – wenn Lia Ihnen das Foto und den Ohrring geschickt hat, gab es keinen Absender auf dem Brief, nicht mal einen Stempel auf der Briefmarke? Irgend etwas halt, woran zu erkennen wäre, wo sie ist? Oder wo sie war, wo sie hinwollte? Vater glaubt schon lange nicht mehr, dass die Vermisstenanzeige, die er damals aufgegeben hat, noch irgend etwas bringt. Ohne neue Hinweise ist das nichts als ein Stück Papier, aber vielleicht wissen Sie etwas, ein Detail, irgend etwas, das weiterhelfen könnte? Ich kann einfach nicht glauben, dass ein Mensch so mir nichts, dir nichts vom Erdboden verschwinden kann!«

Ich schüttelte bedauernd den Kopf, und wusste nicht, erschütterte es mich mehr, dass Lia trotz Suche nicht gefunden wurde, oder dass mich, dass die Frau, die in den Fluss gegangen war, niemand gesucht hatte? Bislang hatte ich mir darüber keine großen Gedanken gemacht, und eigentlich wollte ich das auch jetzt nicht tun. Nur ... die Frage drängte sich auf, warum mich niemand gesucht hatte. War meine »Vorgängerin« ein so schrecklicher Mensch gewesen, dass niemand sie hatte finden wollen? War man gar froh gewesen, sie los zu sein? Oder war sie noch einsamer gewesen, als ich es bis heute war – mich, so dachte ich, mich würden Martha und Hassan zumindest vermissen, sollte ich plötzlich nicht mehr auftauchen, sie würden mich also sicher suchen ... oder würden sie mich einfach vergessen? Jeder Gedankenschritt führte tiefer in mein inneres Dunkel hinein, und mit jedem Schritt wurde das Schwarz zugleich unwiderstehlicher wie bedrückender.

Schwarz ... ja, das ist es, schwarze Leere, dumpf, traurig, so fühlt es sich jedenfalls für mich an. Als ob mehr fehlt als Erinnerungen. Damals, als sie plötzlich verschwunden war – zuerst konnte ich es nicht glauben. Dann kam eine endlose Nacht, in der ich begriff, dass sie weg war. Eine endlose Nacht, in der ich mich fragte, war sie vielleicht nur ein Traum, mein Wunschtraum gewesen? Hatte sie je wirklich existiert – ich meine, wieso sollte eine Frau wie sie tatsächlich existieren, eine Frau, die ausgerechnet mich bedingungslos liebt? Um sechs Uhr früh am nächsten Tag stand ich bei Regine auf der Matte, ich musste einfach die Kleine sehen. Als sie »Appael« rief, mich anstrahlte, wie sie es immer tut, mit ihrem grenzenlosen, kindlichen Vertrauen in die Welt und in mich auch, verstand ich, dass Lia gegangen war. Und als ich Marie in den Arm nahm, mich festhielt an ihr, die Halt doch selbst viel mehr brauchte, wurde mir kalt, und ich wusste, ich hatte mal wieder auf der ganzen Linie versagt: Lia war weg und ich würde ganz sicher nicht, nicht alleine, für das Kind sorgen können. Ich rannte weg, flüchtete mich, wenigstens für den Augenblick, in das Dunkel meines Vergessens ...

Ich schüttelte erneut den Kopf, heftig, ich musste zur Besinnung kommen, durfte mich nicht wieder in meinen eigenen Abgründen verlieren. Es ging hier nicht um mich, ermahnte ich mich streng, und schaute auf.

Anscheinend hatte Regine meine Geste als Verneinung einer weiteren Frage, die ich dank meines Versinkens in Selbstmitleid überhört hatte, missverstanden.

»Es, es tut mir leid, wirklich. Ich ... ich weiß so wenig von Lia, kaum mehr, als dass sie existiert, dass sie in Koblenz gelebt hat, dass es ein Kind und damit auch einen Mann gibt, davon hat sie geschrieben. Ich kannte bisher nicht mal seinen – Raffaels – Namen. Seine ... Drogenprobleme hat sie angedeutet, ohne dass ich weiß, was das für sie bedeutet hat. Aber ... ich kenne sie ja nicht mal«, bedauerte ich, und das war ehrlich, so ehrlich wie ich eben sein konnte unter diesen Umständen.

»Und kein Wort darüber, dass sie weg wollte, oder was sie vorhatte?« Regine gab nicht auf, natürlich nicht. Sie konnte es vermutlich gar nicht. Sie war jetzt für Lias und Raffaels Kind verantwortlich. Wie hätte ich ihr sagen können, dass ich selbst rein gar nichts wusste? Außer, dass sie diese Verantwortung nun wirklich alleine tragen müsste, denn Raffael würde sie nicht mehr übernehmen können, wusste ich doch tatsächlich nichts. Am liebsten wäre ich davon gerannt.

»Das tust du doch schon die ganze Zeit«, mischte sich Raffael nun doch ein, »gründlicher und besser, als ich es je konnte. Wieso tust du das? Wenn ich nur –.« Er verstummte, plötzlich stand ein kleines, nicht mal dreijähriges Mädchen mit verstrubbelten, roten Haaren im Wohnzimmer und rieb sich die verschlafenen, braunen Augen im blassen Gesichtchen.

»Marie«, begrüßte Regine die Kleine, und wollte mich vorstellen, »das ist Lias Schwester, deine Tante Ophelia.«

Doch Marie hörte nicht hin, sie kam gleich rüber zu mir, strahlte mich an und streckte mir ihre Arme entgegen: »Lia!«

Es ging so schnell, ich konnte es gar nicht verhindern. Verunsichert ließ ich die Umarmung des Kindes zu. Unwillkürlich muss ich mich dabei jedoch versteift haben, denn das Mädchen ließ mich kaum, dass es sich fest an mich gedrückt hatte, wieder los. Ich wusste nicht, was ich mit ihr oder ihrer Reaktion anfangen sollte. Ich wollte dem kleinen Mädchen nicht weh tun, aber bei mir rief diese Begegnung keine Erinnerungen oder wenigstens Assoziationen wach. Statt dessen drohte sich eine steinerne, lähmende Kälte von Innen her über mich zu senken.

Marie schaute mich die ganze Zeit aufmerksam an. Aus ihrem Strahlen wurde ein trauriges Lächeln, kindlicher Ernst. Das Kind nickte langsam mit dem Kopf, berührte vorsichtig noch einmal mein Knie mit der Hand.

»Oh«, sagte sie, »Lia nicht da.«

Dann ging sie zu Regine rüber und krabbelte auf deren bunten, großen Sessel. Jedenfalls glaube ich das, wenn ich ehrlich bin, fehlt mir ein kleines Stück zwischen dem Erzittern unter der letzten Berührung des Kindes und dem Ziehen der Toilettenspülung im Gäste WC nebenan.

Ich versteh die Welt nicht mehr. Nicht, dass ich das je getan hab, nicht wirklich, aber was ist mit ihr los? Marie hat sich doch geradezu auf sie gestürzt, Marie, die Fremden gegenüber stets misstrauisch ist! Es tut fast körperlich weh, als die Kleine sich nach dem kurzen Moment wieder zurückzieht und Lia nach draußen, zur Toilette rennt.

»Marie«, flüstere ich leise, »Marie, es tut mir so leid, es ist alles meine Schuld.«

Aber natürlich kann sie mich nicht hören. Und Lia scheint das Gefühl in ihrem Bauch, eine Art Sehnsucht, etwas, das sie zu der Kleinen hinzieht, genauso wenig spüren zu wollen wie sie meine wütenden Worte hört: Wenn sie mir schon nicht glauben, mich lieber vergessen will, ist das ihre Sache – aber nicht die Kleine, verdammt, nicht die Kleine!

Als ich wieder zurück ins Wohnzimmer kam, wollte Hedwig gerade mit dem Kind rüber zu sich gehen, damit Regine und ich in Ruhe alleine weiter sprechen könnten.

»Nein, das ist doch nicht nötig«, rief ich, »ich möchte Sie drei nicht noch länger belästigen!«

Ganz sicher wollte ich das nicht, vielmehr musste ich aus der vertrackt-verlogenen Situation herauskommen, die ich ganz allein mir zuzuschreiben hatte.

»Doch«, sagte Regine bestimmt, »ich kann Sie so nicht gehen lassen. Und ich weiß doch, bis zu Ihrer Verabredung haben Sie noch Zeit. Bitte, bleiben Sie. Sie müssen denken, mein Bruder sei schuld am Verschwinden Ihrer Schwester. Das kann zwar durchaus sein, ich weiß es wirklich nicht. Aber selbst wenn, das war nichts, was er so wollte. Und dann – ich hab immer gehofft, dass eines Tages jemand aus Lias Vergangenheit auftaucht, vielleicht sogar jemand, der weiß, wo Maries Mutter ist – aber, selbst wenn Sie das nicht sind, das nicht können, Sie sollen doch erfahren, was für ein Mensch der Vater Ihrer Nichte ist. Vielleicht treffen Sie ihn ja eines Tages.«

»Hoffentlich nicht«, konterte Hedwig missmutig, bevor sie Regine unterbrach, um in bestimmtem Tonfall hinzuzufügen:

»Mich würde das jedenfalls freuen.«

Hedwig seufzte demonstrativ und griff die Hand des Kindes.

»Komm, wir gehen rüber und schauen nach den kleinen Katzen.«

»Tschüss«, sagte Marie, die offensichtlich schnurrende Vierbeiner mochte, und winkte Regine lebhaft und mir zögernd zum Abschied zu.

Unsicher blieb ich zurück. Ich schwor mir, was immer mir der Fluss in nächster Zeit ins Institut bringen würde, ich würde jedenfalls genau dort bleiben, mich keinen Zentimeter mehr hinausbegeben in die verwirrende Welt der anderen. Regine sah mich abwartend an, und als unsere Blicke sich trafen – ich hoffte, ich hatte sie nicht allzu lange warten lassen –, bot sie mir mit einer Geste erneut einen der bunten Sessel an. Ich setzte mich, was blieb mir anderes übrig? Außerdem, Lügen hin, Schwüre her, ich war schließlich hier, um mehr über Raffael zu erfahren, um herauszufinden, welchen Weg er genommen hatte, um am Ende auf Marthas Stahltisch zu landen.

»Es – es tut mir leid«, versuchte ich mein eigentümliches Verhalten, aber mehr noch all das, was ich nicht sagen konnte, weil es für sie keinen Sinn ergeben sondern nur noch mehr sinnlosen Schmerz bedeutet hätte, zu entschuldigen, »ich wollte weder Sie noch das Kind in Aufregung versetzen. Mir war überhaupt nicht klar, dass weder ... meine Schwester noch der Vater ihres Kindes hier sein würden. Ich wollte nicht in alten Wunden graben, wirklich nicht.«

Regine winkte ab. Wunden und ihre Familie, das sei wie Pech

und Schwefel, jedenfalls ganz besonders dann, wenn es um Raffael und auch das Kind ging. Trotzdem, so meinte sie, sei er »kein schlechter Kerl«.

»Raffael hatte von Anfang noch mehr Ärger mit unserem Vater als ich oder sonstwer. Verstehen Sie, der Mann hat sehr eigene Prinzipien. Stolz, Ehre, Pflicht, lauter Begriffe, die Ihnen und mir altmodisch erscheinen und jemand wie Raffael auf die Palme bringen. Zum Beispiel – ich war 23, als ich Marcel in der Kulturfabrik kennenlernte, eine junge, aber erwachsene Frau, die auf eigenen Beinen stand. Ich hab mich nach dem Tod unserer Mutter jahrelang um Vater und Raffael gekümmert, nur an andere gedacht, nie an mich. Bis ich Marcel begegnete und damit endlich auch der Liebe.«

Sie verstummte für einen Moment, starrte versonnen ins Nichts. Eine Entschuldigung murmelnd stand sie plötzlich auf und ging zu einer alten Kommode, auf der verschiedene Fotos standen. Eines davon drückte sie mir in die Hand.

Es muss ein sonniger Tag gewesen sein, an dem sie und Marcel, der ebenso grazile wie muskulöse Mann neben ihr, einander das Ja-Wort gegeben hatten. Beide trugen Jeans, beide hatten Blumen im Haar, und auch die Gäste, die im Hintergrund zu erkennen waren, sahen so gar nicht nach steifer Feierlichkeit aus. Selbst Raffael, der ganz am Rand des Bildes wie der Gruppe stand, schien in das Glück des Paares einbezogen, und das trotzige Schwarz seiner Kleidung wirkte einfach nur wie ein weiterer Farbtupfer im Ganzen. Sicher, seine Augen waren älter, nein, anders, als ich sie bei einem Teenager erwartet hätte. Aber so sehr ich mich auch bemühte, ich konnte in dem Bild nichts von seinem zukünftigen Schicksal lesen. Im Gegenteil – es war merkwürdig, ihn plötzlich lebendig und eben als Teenager zu sehen. Mein erstauntes Gesicht schien Regine als Frage aufzufassen.

»Ja, genau, das ist er, das ist mein Bruder«, antwortete sie, noch immer lächelnd, bevor sie fortfuhr und ihr Gesicht wieder ernst, fast traurig wurde. »Raffael war inzwischen kein Kind mehr, gut, mit 14 ist man noch lang nicht erwachsen, aber ich selbst war doch nicht so viel älter, als ich Mutters Rolle übernehmen musste. Raffael musste ich nicht mal sagen, dass ich mich verliebt hatte – er spürte es sofort. Und er freute sich anscheinend, nein, ganz sicher sogar.«

Sie geriet wieder ins Stocken, fuhr sich mit den Händen suchend durchs Haar, als wollte sie so einen flüchtigen Gedanken festhalten. Also gab ich ihr das Bild wieder. Regine verstand die Geste, sie nahm es und trug es zur Kommode zurück. Mit dem Rücken zu mir, die Hände aufgestützt, den Kopf gesenkt, als sei sie erschöpft von einer großen, viel zu schweren Last, setzte sie ihre Erzählung fort.

»Nur, als Vater es schließlich erfuhr, war er außer sich: Ein Tänzer, das sei kein richtiger Mann, erst recht nicht für seine Tochter. Wie ich ihm so etwas antun könnte, tobte er.«

Mit einem Mal richtete sie sich wieder auf, drehte sie sich zu mir um. Wut und Enttäuschung, alt und zugleich immer noch ganz frisch, wie Wunden, die nicht verheilen wollten, spiegelten sich in ihrem Gesicht, machten ihre Stimme hart, härter wohl, als sie es wollte.

»So ist er nun mal, dachte ich mir, lass ihn wüten, er beruhigt sich wieder. Aber als er mir dann entgegenhielt, Mutter würde das gewiß nicht gutgeheißen haben, riss mir der Geduldsfaden«, sie stieß sich von der Kommode ab, an die sie sich bis zu diesem Moment gelehnt hatte, begann, unruhig auf und ab zu laufen. »Mit meiner Mutter – zuerst mit ihrem Krebs, dann mit ihrem Tod – hatte er mich an sich gebunden, die ganzen Jahre. Jetzt reichte es. Endgültig. Ich bin noch am selben Tag ausgezogen.«

Wieder bei der Kommode angelangt, kramte sie in einer der Schubladen, zog schließlich ein Päckchen Zigaretten hervor. Sie nahm sich eine und hielt mir die Packung hin. Oft schien sie nicht zu rauchen, so billig waren Zigaretten heute kaum mehr, dachte ich stumm, als ich mit einem Kopfschütteln ablehnte. Sie hustete kurz, als sie die Zigarette anzündete, dann fuhr sie fort, während sie die Schachtel wieder zurücklegte.

»Vater kam natürlich nicht zur Hochzeit, selbst Raffael hatte er es verboten. Was meinen Bruder nicht kümmerte – und mich, trotz allem, freute. Inzwischen vermisste er zwar die Vermittlerin, den Puffer zwischen sich und Vater, aber, wie sagte er? ›Ich muss doch sehen, wie's wenigstens einer von uns beiden schafft, von dem Alten wegzukommen.‹« Regine ließ sich wieder in ihren Sessel neben dem meinen fallen. Sie schwieg erneut für einen Moment, verlor sich lächelnd in ihren Erinnerungen. Wie sich das wohl anfühlte, fragte ich mich unwillkürlich, aber da sprach sie schon weiter.

»Wissen Sie, Raffael kann genau so stur sein wie unser Vater. Obendrein ist er ein Träumer. Er spinnt sich einfach ein in seine eigenen Gedanken, seine Bücher, seine Bilder, in alles Mögliche. Bis er genug davon hat und freiwillig wieder aus seinem Schneckenhaus kommt. Eigentlich ist es nicht schwierig, mit Raffael klarzukommen – man muss ihn nur in Ruhe lassen. Aber genau das konnte Vater noch nie, und dann krachte es jedes Mal.«

An dieser Stelle beschloss sie wohl, dass Rauchen keine Beschäftigung für sie sei. Beinahe angewidert, auf jeden Fall ungeduldig machte sie die Zigarette im unberührten Aschenbecher auf dem Tisch aus. Um so deutlicher waren ihre Worte, aus denen jahrelang aufgestauter Ärger sprach.

»Vater hatte Pläne mit ihm, und je mehr er ihn damit bedrängte, desto sturer hielt mein Bruder dagegen. Kompromisse um des lieben Friedens willen sind Raffaels Sache nicht. Sie stritten irgendwann nur noch, zwischendrin redeten sie einfach gar nicht mehr miteinander. Als Raffael die Schule schmiss – genau an dem Punkt, wo Vater begriff, sein Sohn würde nie ein ›harter Kerl, ein richtiger Mann‹, während er gerade anfing, sich irgendwelche hochtrabenden, akademischen Karrieren für ihn auszudenken –, dachte ich, schlimmer kann es nicht mehr kommen. Da wohnten sie zwar noch offiziell in einer Wohnung, aber wenn der eine dem anderen etwas zu sagen hatte, rief er mich an, damit ich es weitergebe.« Regine schüttelte den Kopf, als hätte sie soeben einen solchen Anruf erhalten. Ich saß nur da, hörte zu, und war insgeheim froh, selbst keine Familie zu haben, jedenfalls keine, an die ich mich erinnerte und die sich an mich erinnerte, um mich dann mit irgendwelchen kleinen Boshaftigkeiten zu traktieren.

»Was passierte dann?«, fragte ich schließlich doch, als ihr Schweigen so lange dauerte, dass es mich unangenehm an all das erinnerte, was ich ihr, der so geraden, offenen Schwester meines eigenartigen Toten, verschwieg.

»Nun, wenn ich ehrlich bin, weiß ich es auch nicht genau«, sie lächelte mich entschuldigend an, »ich fand ihrer beider Verhalten unmöglich und sagte es ihnen. Daraufhin sprach wohl niemand mehr mit dem anderen, jedenfalls ließen sie mich beide in Ruhe. Ich wusste nicht, was ich davon halten sollte, das war ich nicht gewohnt. Eine Weile später meldete sich Raffael wieder, er wollte ausziehen, hatte eine Ausbildung angefangen und brauchte Hilfe. Ich fand es ganz normal, dass er damit zu mir und Marcel kam, anstatt zu Vater zu gehen. Dass viel mehr dahinter steckte, begriff ich erst, als es ein paar Wochen später zum Eklat kam, weil Raffael – inzwischen drogenabhängig – den Goldschmied, dessen bester Lehrling er war, bestahl und so für einen kleinen Skandal in der Stadt sorgte. Vater tobte, Raffael wurde verurteilt, und ich versuchte zum letzten Mal zwischen den beiden zu vermitteln, um zu retten, was zu retten war.«

Wieder schüttelte sie den Kopf, als könnte sie es heute selbst nicht mehr glauben. Sie seufzte. »Genau wie Lia später – hat Sie Ihnen nicht mal davon geschrieben?«

Regine war zugleich so ehrlich und so verzweifelt bemüht, zu verstehen, und mir selbst beim Verstehen zu helfen, dass ich es nicht über mich brachte, sie schon wieder zu enttäuschen, indem ich erneut verneinte. Ich murmelte etwas Unbestimmtes, was machte es schon, wenn ich nicht verstand, worin genau der Skandal lag. Das war gleichgültig, zumal Raffaels Proteste, was meine Aktion anging, immer lauter wurden, und ich mich schäbig fühlte, seiner gastfreundlichen Schwester diese schlechte Komödie vorzuspielen, ihr nicht mal sagen zu können, dass ihr

Bruder tot war. Ich musste hier raus, bevor ich für noch mehr Leid sorgte, als ohnehin schon auf sie zukam.

Diesmal verhallte ihr Protest, ich hätte doch noch Zeit, sei ihr wirklich willkommen, ohne Wirkung. Mich tausendfach entschuldigend verabschiedete ich mich von ihr, verließ ich das graue Haus, das mich der Lösung hätte näher bringen sollen und nicht in Verwirrung hätte stürzen dürfen.

Regine schaut uns, schaut ihr nach. Wie sie wohl reagieren wird, wenn sie erfährt, ich hab's hinter mir? Ich kenn sie mein Leben lang, ich kenn die Welt nicht ohne meine Schwester, meine bodenständige, vernünftige, immer und immer wieder vermittelnde Schwester. Meine Schwester, die immer genau dann, wenn niemand, nicht mal ich, damit rechnet, das Ruder um 180 Grad rumreißt.

Ich hätte ihr nicht zugetraut, dass sie sich für Marcel gegen unseren Vater stellt. Und ich muss ein furchtbar dämliches Gesicht gemacht haben, als sie mich im Knast besuchte. Bei dem Prozess, der eigentlich keiner war, saß sie neben dem Alten, und ich war mir sicher, das war's, jetzt will sie nichts mehr von mir wissen. Sie hat seine Hand gehalten, vielleicht keine schlechte Idee, so wütend wie er war. Er hätte mir am liebsten den Hals umgedreht, war doppelt sauer, weil jetzt jeder wusste, was er für einen beschissenen Job gemacht hatte, wenn sein Sohn sich als kriminelles, ausgerechnet drogenabhängiges Aas herausstellt. Und sauer vor allem, weil sie's nicht zugelassen haben, dass er seine Wut an mir auslässt. Hätt vermutlich blöd ausgesehen, im Gerichtssaal, hätt den Skandal, den Eklat, wie sie's nennt, nur noch schlimmer gemacht.

Und trotzdem ... trotzdem kam sie mich besuchen. Trotzdem bestand sie darauf, dass der Alte und ich uns »versöhnen«, als sie mich entlassen haben. Dabei hätte sie wissen müssen, wissen können, das geht nicht gut. Ist ja nie gut gegangen.

Zu Fuß machte ich mich auf den Weg zum Lützeler Bahnhof, versuchte dabei, Raffaels Stimme auszublenden, der nur eines wollte: Weg hier, weg aus der Stadt, und zwar so schnell wie möglich. Verschwinden – gut, mein Abschied von Regine war fluchtartig gewesen, das konnte und wollte ich nicht leugnen. Aber aufgeben – nein, das war keine Option, nicht für mich. Aufgeben, nach Hause fahren, das hätte bedeutet, meine und Regines Verwirrung, die Wirbel in unseren Lebensflüssen, all das wäre umsonst, ohne jeden Sinn geschehen. Raffael kümmerte das nicht, er schien obendrein nicht mal interessiert, die Umstände seines eigenen Todes zu klären. Wenn ich schon nicht begreifen wollte, dass ich Lia sei, beharrte er, sollte ich ihm wenigstens soweit vertrauen, dass ich die Gefahr ernst nahm. Ich aber hatte keine Lust, mir von ihm irgendwelche Vorschriften machen zu lassen. Ich wollte nachdenken, rausfinden, warum die Puzzleteile nicht passen wollten.

»Das liegt doch auf der Hand«, nörgelte Raffael weiter, als wir im Zug in die Innenstadt saßen. »Du selbst passt nicht, das ist das Problem. Wenn du dich nur erinnern würdest, Lia – aber wie soll ich dir das nur begreiflich machen?«

»Gar nicht. Halt einfach den Mund. Wenn ich Lia wäre, müsste ich mich dann nicht wenigstens an das Kind erinnern?«, unterbrach ich ihn, aber er ließ mich nicht weiter sprechen.

»Das ... das verstehe ich auch nicht«, ganz leise war seine Stimme plötzlich, »und es tut weh, wohl nicht nur mir.«

Der stumme Vorwurf, nicht nur »vergesslich«, sondern obendrein eine Rabenmutter zu sein, beflügelte meine Worte: »Warum beharrst du darauf, dass ich die Frau bin, die du infiziert hast und die dich deswegen verlassen hat?« Ich war zum ersten Mal von einem meiner Toten ernsthaft genervt.

»Wenn du das glaubst, bist du noch verbohrter, als ich dachte, denk doch mal nach –«, erwiderte er verletzt, »ich weiß auch nicht, warum du dich nicht erinnern kannst, aber das ist doch wohl kaum meine Schuld, oder?«

»Vielleicht erinnere ich mich weder an dich noch an sonstwen hier, weil es da gar nichts zu erinnern gibt?« Das hatte ich nun davon, dass ich mich seiner Geschichte angenommen hatte, nachdem alle anderen sie schon ad acta gelegt hatten.

»Und warum wühlst du dann überhaupt in meinem Dreck, das machst du doch nicht bei jeder Leiche, die sie euch auf den Tisch knallen, oder? Warum also bei mir? Was willst du hier, wenn du nichts weißt und von mir auch nichts wissen willst –.« Mit Argumenten war er nicht zu bremsen. Schwer zu sagen, ob Trotz oder Wut ihn nicht aufgeben ließen, ich hörte einfach nicht mehr hin. Als Mensch ohne Erinnerung war mir eines ungeheuer wichtig: Was ich anfange, bringe ich zu Ende. Das ist die einzige, die wahre Kontinuität meines Daseins, ob er das nun verstand oder nicht. Egal, wie persönlich diese Geschichte angefangen haben mochte, es war nicht wirklich etwas Persönliches, das mich jetzt, trotz allem, daran festhalten ließ. Ich würde es ihnen schon noch zeigen, würde seine Geschichte ans Licht bringen und mich dann, geheilt von jeglichen, detektivischen Ambitionen, wieder in das ruhige, abgeschiedene Dasein meines eigenen, kleinen Lebens zurückziehen, mir selbst in meiner Amnesie wieder ganz und gar genügen. Jedenfalls redete ich mir das gründlich ein, während ich inzwischen mit dem nächsten Taxifahrer am Hauptbahnhof beschäftigt war.

Dummerweise hatte ich nicht auf die Zeit geachtet, mich buchstäblich zu früh gefreut. Das »Samowar«, dessen sachliche Siebziger-Jahre-Hülle aus Stahlbeton und Glas früher Büros beherbergt haben musste, die nicht mal den Anschein von Gastlichkeit erwecken wollten, war nach wie vor geschlossen. Und bis zum Treffen mit dem Oberkommissar war es noch eine ganze Weile hin. Unschlüssig stand ich vor der Tür und schaute mich um. Viel los war nicht mehr – oder eben noch nicht – auf den samstäglichen Straßen. Die Geschäfte hatten bereits geschlossen, und bis die Wochenendmenschen ausgingen, konnte es noch Stunden dauern.

Schräg gegenüber las ich »Zur Ente« auf einem Kneipenschild. Und der Hinweis »Pressecafé« verdeutlichte, dass es dabei weder um altdeutsche Gemütlichkeit noch um chinesische Köstlichkeiten ging. Zögernd betrachtete ich die einladend geöffnete Kneipentür und spähte, soweit das auf die Entfernung möglich war, in die Fenster: Voll sah es drinnen nicht aus ... Auch die Journalisten – wenn sie denn tatsächlich hier verkehrten – waren entweder bereits ins Wochenende entschwunden oder noch mit ihren Artikeln und Terminen beschäftigt. Trotzdem – ob man mir dort vielleicht weiterhelfen konnte?

Helfen kann man nur denen, die sich helfen lassen – eigentlich ihr Spruch, kommt mir in den Sinn, als Lia die Straße überquert und die fast leere Pressekneipe betritt. Wie will sie hier finden, was sie sucht, wenn sie nicht mal weiß, was sie wirklich will? Ich selbst habe hier auch nach Hinweisen gesucht, versucht rauszufinden, wo sie abgeblieben sein könnte. Schließlich sagt man Pressefritzen doch gewisse Schnüfflerqualitäten nach. Ich bin nicht sehr weit damit gekommen – der erste, den ich ansprach, lachte mich nur aus. Ein abschätziger Blick auf mich, dann die Frage: Was will einer wie ich mit einer solchen Frau? Und ist es nicht offensichtlich, warum sie weg ist? Wieder wanderte das Augenpaar über meine Gestalt wie über eine Müllkippe. Der zweite versuchte, mir die Zeichnung abzuschwatzen. Er bot mir sogar Kohle dafür, gar nicht mal wenig. Aber entgegen landläufiger Meinung ist nicht alles, was einem Junkiestricher gehört, verkäuflich. Und die dritte ... die dritte war genau diejenige, die Lia jetzt anspricht!

»Nun, hier werden Sie ihn sicher nicht finden«, meinte die Journalistin bedauernd, als sie mir das Foto wiedergab, »er hat hier Hausverbot.«

»Sie kennen ihn also?«, wollte ich, überrascht von so viel Glück, wissen.

»Kennen wäre zuviel gesagt«, antwortete sie, »aber, ja, ich weiß, wer er ist, und ich hab ein, zwei Mal mit ihm geredet. Soweit man mit ihm reden kann. Aber Sie ... wie kommen Sie dazu, ihn zu suchen? Verwandt sind Sie nicht, oder?«

»Nein, nicht verwandt, jedenfalls nicht ... nicht in dem Sinne«, ich konnte ihr ja schlecht sagen, dass ich seinen Geist mit mir spazieren trug.

»Warum suchen Sie ...«, setzte sie an, unterbrach sich wieder, und griff plötzlich nach meinen Haaren. Sie strich sie links aus meinem Gesicht und drehte meinen Kopf so, dass sie mich im Profil betrachten konnte. Ich war so überrascht von dieser Geste, dass ich gar nicht reagieren konnte, bis sie es selbst bemerkte und ihre Hand wegnahm.

»Aber natürlich ... entschuldigen Sie meine spontane Aufdringlichkeit oder ist es aufdringliche Spontaneität? Naja, wie auch immer, es tut mir leid, ich wollte Ihnen nicht zu nahe treten«, sie war mit einem Mal richtig aufgedreht, kramte in ihrer ebenso eleganten wie zweckmäßigen Handtasche nach einem Notizblock und ihrem Diktiergerät, »aber wer hätte das gedacht! Was für ein verrückter Zufall!«

»Zufall?« Ich verstand gar nichts mehr. Allmählich fragte ich mich, ob es für eine Frau ohne Gedächtnis ein kluger Einfall war, die Vergangenheit eines unbekannten Toten zu erforschen. Sie fummelte derweil an dem Diktiergerät herum, nahm die winzige Kassette heraus, betrachtete sie und legte sie zur Seite.

»Na, wie würden Sie das nennen, wenn Sie von zwei Menschen, die sich gegenseitig aus unerklärlichen Gründen suchen, angesprochen werden? Sowas kann nur Zufall oder Schicksal sein. Oder, wenn man für eine Zeitung arbeitet, eine wunderbare Gelegenheit für eine tolle *human interest story.*«

Inzwischen hatte sie in ihrer Tasche eine neue Minikassette gefunden und kämpfte mit der Cellophanverpackung. Ich legte meine Hand bestimmt auf die ihre.

»Moment, das geht mir alles zu schnell. Wollen Sie mir etwa erzählen, Raffael hat Sie nach mir gefragt?«

»Mich und ich weiß nicht wieviele andere noch«, sagte sie aufgeregt lachend, »er muss völlig verrückt nach Ihnen sein –

oder war es zumindest, als ich ihn das letzte Mal sah, vor über einem halbem Jahr. Und wenn ich mir das Kind auf dem Foto neben ihm anschaue und *Sie* direkt vor mir stehen, also, erzählen Sie mir jetzt bloß nicht, dass die Kleine zufällig Ihre Feuerlocken hat, und Sie hinter ihm her sind, weil Sie für ein Versicherungsunternehmen arbeiten! Also – was ist passiert? Waren Sie so etwas wie die Liebenden von Pont Neuf, aber an – oder unter? – der Moselbrücke? Geschehen im stinknormalen Koblenz die Geschichten wirklich, die ansonsten die Filmemacher in Paris oder Rom ansiedeln und wir Normalsterblichen fälschlicherweise für pure Fiktion halten?«

Sie rennt wie eine Verrückte, und ich frage mich, ob sie damals genauso vor irgend etwas, irgendwem – sich selbst? – davon gerannt ist? Nur dass sie damals in meine Arme lief, und nicht weg von einer Journalistin, die ihr auch noch hinterher kommt. Merkwürdig war es schon, aber damals ist es mir nicht aufgefallen. Nicht so jedenfalls.

Kopflos und dumm, kindisch und verrückt war es – ich hatte die Frau nur angestarrt, fassungslos, und war dann zur Tür gestürzt, hinaus, nur raus, und war losgelaufen. War gerannt, hatte mich nicht um Autos und Passanten gekümmert, nicht auf den Weg geachtet, hatte beinahe meine Tasche an einem Betonblumenkasten verloren und war schließlich in einer Ausfahrt gestolpert.

»Haben Sie sich weh getan?«

Ihre Stimme klang so atemlos wie mein gehetzter Herzschlag. Ich schüttelte nur stumm den Kopf, die Journalistin half mir beim Aufstehen.

»Es – es tut mir Leid, ich wollte Sie nicht erschrecken«, entschuldigte sie sich und reichte mir meine Umhängetasche. Dabei berührte ihre Hand die meine, und plötzlich war es, als risse ein Stück des schwarzen, dichten Samtvorhanges in mir und Licht, nein, eine wahre Bilderflut bräche hindurch:

Sommer, es ist Sommer, Juli, mitten im Juli, der Gedanke ist erschreckend, warum, weiß ich nicht. Ich renne, auch den Grund hierfür kenne ich nicht. Ich stolpere, ich strauchle, knicke um. Etwas, jemand, fängt mich auf. Ich sehe einen Rucksack am Boden, er war wohl nicht richtig verschlossen, Gegenstände sind herausgefallen – eine Haarbürste, ein Portemonnaie, ein Apfel, ein Buch. Ich starre zu Boden und blicke dann auf. Sehe seine Augen, dunkel, braun, warm, halb erschrocken, halb lachend. Sehe die blauen Strähnen, die er sich aus dem Gesicht pustet, die er nicht anders aus den Augen bekommt, weil er mich ja noch festhält, mich, die ich gerade gestolpert bin, mich, die ich immer noch atemlos bin, ganz unsicher und wackelig auf den Beinen.

»Geht es?«, fragt er vorsichtig, dann lässt er mich los, beugt sich runter, hockt sich hin, fängt an, die Sachen am Boden einzusammeln. Ich starre an mir runter – bunte Samthosen mit kleinen Spiegeln, du liebe Güte, wer trägt denn sowas Auffälliges? – schaue dann wieder ihm zu, als gäbe es nichts außer ihm, mir und den Dingen am Boden. Als stünde die Zeit still, meine Zeit zumindest, denn er ist ja in Bewegung, geschäftig.

Erst bei dem Buch gerät er ins Stocken: »Gedichte? Hab ich versucht, zu lesen. Ging nicht, war Scheiße, so viele Gefühle und ich allein ... das ist wie'n Lied ohne Musik.« Er packt die Gedichte ein, mit den anderen Sachen, macht den Rucksack gut zu, und ich stehe immer noch da, wie vom Donner gerührt, und stumm wie ein Fisch.

»Liest du mir welche vor?«, fragt er, als er fertig ist, wieder vor mir steht, mir den Rucksack in die Hand drückt. Er lächelt, und die Berührung unserer Hände ist wie ein elektrischer Schlag, nur viel schöner, viel größer.

Sie erinnert sich also doch! Ein elektrischer Schlag, ja, so fühlte es sich damals an, genau das war es. Ein merkwürdiges Wunder, ein Geschenk, ausgerechnet für mich. Vom ersten Moment an war klar, nichts würde je wieder sein wie zuvor. Und weil der Gedanke nicht nur eine Sonne in meinem Bauch aufglühen ließ, sondern außerdem

Angst machte, Angst vor einer Kälte, einer Eiszeit unbekannter Dimension – eben Angst, es könnte nur dieser eine einzige, winzige, kostbare Augenblick sein, dann wäre sie wieder verschwunden – wusste ich, es ist real, es ist echt, sie ist es, und nicht der Speedball.

»Er hat auf mich eingeredet, wie ein Verrückter, ohne Atem zu holen. Und dann ist er mit mir hierher gegangen, genau hierher.« Ich konnte es nicht fassen, es nicht begreifen. Es fühlte sich an, als wäre es gerade passiert, als wäre ich ihm eben zum ersten Mal und sehr lebendig begegnet. Als säße ich mit ihm und nicht mit ihr, einer mir unbekannten Journalistin, einem teuer aussehenden Fremdkörper, im »Mumpitz & Co.« in der Nähe des Koblenzer Hauptbahnhofs.

»Er hat Kaffee bestellt, Milchkaffee, und eine Unmenge Zucker in seinen wie in meinen gekippt. Ich hasse Zucker im Kaffee, aber er meinte, ich sei so blass, als ob ich gleich umkippen würde, ich könnte es brauchen. Ich habe ihn nur angestarrt, wie ein Mondkalb, wie den ersten Menschen überhaupt. Es war alles so verrückt und er war vollkommen unwiderstehlich. Nicht, wie Sie das vielleicht verstehen, nicht einfach ... als Mann ... sondern als Mensch. Ich saß da, trank brav meinen Kaffee, war immer noch stumm. Er drehte Zigaretten, für sich und für mich, ich war mir nicht mal sicher, ob ich rauche, aber es passte, alles passte irgendwie. Und er redete, die ganze Zeit. Worüber, weiß ich nicht mehr, ich glaube, das habe ich nicht mal damals verstanden. Ich habe seiner Stimme zugehört, seine Augen gesehen, und die Wärme gefühlt, die von ihm ausging, wie eine große, schöne Welle. Und ich wusste, es ist okay, was immer jetzt, was immer danach kommt, es ist in Ordnung. Es ist genau das Richtige und er, er wird auf mich aufpassen.« Ich fühlte mich berauscht von dem unerwarteten Bilderstrom in mir. Das alles war mitreißend, und ganz und gar neu für mich.

Die Journalistin kritzelte hastig auf ihren Block, schien beinahe dankbar, dass ich einen Moment innehielt. Als sie von ihren Notizen aufsah, staunte ich – denn in ihrem Blick lag viel mehr als Neugier, die ich zuvor darin gesehen hatte, und auch etwas ganz anderes als Skepsis oder dergleichen, was bei einer so verrückten Geschichte zu erwarten gewesen wäre. Sie lächelte, und ihr Lächeln rief mehr Bilder herbei, die zu einer immer größeren Insel in meinem Dunkel wurden.

»Und was passierte dann?«, wollte sie wissen.

»Er wollte, dass ich ihm die Gedichte vorlese, aber nicht hier, nicht, wo uns andere hören konnten. Also gingen wir – nachdem ich bezahlt hatte, was ein bisschen merkwürdig war. Er hatte kein Geld, und ich musste erst den halben Rucksack durchwühlen, bis ich darin welches fand. Wir liefen durch die Stadt, runter an den Rhein, suchten nach einer Ecke, in der wir allein waren, wo ich lesen konnte, für ihn. Wir verbrachten den ganzen Tag damit, herumzulaufen, zu reden – über Bücher, die er gelesen hatte, Leute, die wir sahen, den Himmel, die Wolken, alles Mögliche eben. Bis es dunkel wurde«, ich verstummte.

Es war, als ob mit der Erinnerung an diese eine Dämmerung das Dunkel wiederkam, mein Dunkel, mein Zuhause, aber diesmal machte es mich traurig, unendlich traurig. So traurig, dass ich es nicht mehr aushielt, sondern meine Tasche nahm, versuchte, die Tränen runterzuwürgen, und zu den Toiletten verschwand.

Es tut weh, einfach nur weh, zuzusehen, wie sie auf dem Klodeckel im Mumpitz hockt, die Beine an den Körper gezogen, und weint. So ähnlich hat sie auch an unserem ersten Abend reagiert: Völlig überraschend fragte sie, ob sie bei mir, in meiner Wohnung schlafen könne – nur, ich hatte keine, mal wieder nicht. Ich hätte ihr was vormachen können, versuchen können, die Bude eines Freundes als meine auszugeben, aber das wollte ich nicht, obwohl ich sonst kein Problem mit kreativen Ausreden aller Art hatte. Also schlug ich vor, irgendwo draußen zu pennen, schließlich war es Sommer und allemal warm genug.

»Juli, es ist Juli«, rief sie aus, und bekam dann plötzlich das Heulen und Zähneklappern. Ich wusste nicht, wie ich darauf reagieren sollte. Ich wollte sie beruhigen, sie trösten, nur, wie? Ich begriff nicht, was mir jetzt erschreckend klar wird – dass sie wohl damals schon nicht

wusste, wer sie ist und wieso es Sommer, eben Juli ist. Ich hab sie festgehalten, bis sie aufhörte zu weinen, bis sie zum letzen Mal »Juli« schluchzte, um mich dann verheult anzulächeln, und zu sagen: »Ich bin Lia. Und wir suchen uns jetzt einen Platz, wo wir bleiben können.«

Aber jetzt, jetzt kann ich sie nicht einmal mehr festhalten.

»Bitte hör auf, Lia ... Ophelia meinetwegen«, hörte ich seine Stimme durch das Schluchzen hindurch, »ist doch egal, du musst dich nicht erinnern, du musst nichts und niemand sein, der du nicht sein willst. Bitte, hör auf, ist schon okay, vergiss die ganze Sache, vergiss mich, vergiss es einfach, okay?«

Ich wusste nicht, wie lange ich schon in diesem Verschlag hockte oder wie lange er bereits auf mich einredete. Ich schaute mich um, griff nach dem Toilettenpapier und putzte mir erst einmal gründlich die Nase. Mir war nicht mal klar gewesen, dass ich weinen konnte. In der Klinik hatten alle darauf gewartet, dass ich genau das eines Tages tun würde – weinen und mit dem Strom der Tränen die Erinnerungen wiederfinden, herausspülen würde. Befreiend sollte das sein, versicherten mir Ärzte und Schwestern, und die anderen Patientinnen nickten eifrig. Aber nichts dergleichen geschah damals.

Und nun, nun war nichts von einer Befreiung zu spüren. Es konnte keine Rede davon sein, dass plötzlich alles auf wunderbare Weise einen Sinn für mich ergab. Vielmehr wurde alles noch unbegreiflicher. Was sollte das? Was sollte ich, Ophelia, die Frau ohne Gedächtnis, mit dieser einen, einzigen Insel aus Bildern und Gefühlen?

»Vergiss es, vergiss es einfach«, wiederholte er bittend, fast bettelnd.

Und für einen Moment dachte ich, warum nicht. Warum nicht einfach aufstehen, weggehen, zurückfahren nach Bonn, den morgigen Sonntag im Bett verbringen, schlafend, lesend, dösend, meinetwegen sogar mit Hassan am Abend in einem Restaurant essen, und am Montag wieder zur Arbeit gehen, als wäre nichts gewesen, gar nichts. Vermutlich wäre das viel leichter gewesen, als es sich anhören mag ... auch der Gedanke kam mir, dass ich das schon kannte, dass das nicht das erste Mal sei, wo ich mit einem einzigen Schritt ein ganzes Leben hinter mir zurück ließ.

Aber dann sah ich ihn. Nicht den lebenden Raffael, dem eine andere Frau in einem anderen Leben geradezu in die Arme gefallen war, und auch nicht den toten Hamlet, wie sie ihn mir nicht mal zwei Tage zuvor in die Gerichtsmedizin gebracht hatten. Sondern einen Geist, der so gar nichts Gespenstisches oder Erschreckendes an sich hatte. Einen Toten, der nicht hätte tot sein sollen, gleichgültig, was Martha sagte, ganz gleich, was in irgendwelchen schlauen Büchern über Fixer stand. Raffael war einfach da, hier, bei mir, in diesem kleinen Verschlag, beobachtete mich, wachte über mich, und ich wusste, es wäre nicht richtig zu gehen. Oder gar ihn zu vergessen. Ich musste –

»Nein«, sagte Raffael mit einem Mal bestimmt und zugleich besorgt, »bitte, tu das nicht. Ich hab dich – ich hab Lia einmal verloren, das reicht. Das ist gefährlich, kapierst du's nicht?«

»Nein«, antwortete ich, und wunderte mich, wie kräftig, fast fröhlich meine Stimme klang, gar nicht mehr verheult oder gebrochen, »ich kapier's nicht. Noch nicht. Aber ich muss es zu Ende bringen, verstehst du das?«

»Zu Ende bringen, toll«, warf er ein, »du weißt ja nicht mal, was du angefangen hast!«

»Mag sein, aber angefangen habe ich es trotzdem, und was meinst du, wie lange ich noch auf dieser Toilette sitzen bleiben kann, ohne dass es irgendwem auffällt, irgendwer dumme Fragen stellt?«

Ohne seine Antwort abzuwarten, stand ich auf, öffnete den Verschlag und ging zu den Waschbecken im Vorraum, um mir das Gesicht zu waschen, mich mit kaltem Wasser wieder in die Gegenwart zurück zu holen. Als ich davon aufblickte, erschrak ich für den Bruchteil einer Sekunde – das Gesicht, das mich aus dem Spiegel heraus ansah, war auf paradoxe Weise völlig fremd und vertraut zugleich, genau wie damals im Bonner Universitatsklinikum, kurz nach dem Aufwachen: Wer ist das, wieso kenne ich diese Frau, ging es mir durch den Kopf, und da war wieder das Gefühl, ich könnte mich jetzt umdrehen und bei Null, wieder ganz von vorne anfangen.

»Vielleicht wäre das am besten«, sagte Raffael leise, und es schien mir, als stünde er hinter der Frau im Spiegel über dem Waschbecken.

»Vielleicht sollte ich dasselbe machen ... gehen«, er seufzte, und seine Gestalt im Spiegel versuchte, sich von der Frau dort zu entfernen, zur Tür am Rande des Spiegelfeldes zu gelangen. Reflexartig drehte ich mich um, weg vom Waschbecken und starrte zur Tür – nichts, niemand, was hatte ich auch erwartet?

Dann öffnete sich die Tür, und einen Moment lang dachte ich, er würde es sein. Aber es war, schon wieder, nur die Journalistin. Sie wollte etwas sagen, doch ich war, trotz meiner unnützen, irrealen Enttäuschung und der plötzlichen Müdigkeit, die sich in mir ausbreitete, schneller.

»Es geht mir gut, danke«, setzte ich an und wandte mich von ihrem zweifelnden Gesicht wieder zurück zum Waschbecken, wo ich mir die Hände abtrocknete, »es ist nichts, nur ein beginnender Migräneanfall.«

»Kann ich Ihnen helfen? Sie irgend wohin bringen? Mein Wagen steht ganz in der Nähe, es ist wirklich kein Problem, das macht mir gar keine Umstände ...«

»Nein danke. Das Beste wird sein, ich laufe das Stück zum Bahnhof und fahre nach Hause, lege mich dann hin. Mehr kann man da ohnehin nicht machen. Und ein bisschen frische Luft wird mir sicher gut tun.«

Ich packte meine Sachen zusammen, nahm die Tasche und ging zur Tür. Sie sah nachdenklich aus. Zweifelte sie an meinen Worten? Wie auch immer, ich musste hier raus, musste weg von ihr, denn was hätte ich ihr sagen sollen? Die Wahrheit hätte sie nicht verstanden; die Wahrheit, was immer das war, ging sie nichts an – die Wahrheit musste ich selbst doch erst noch finden!

»Tut es sehr weh?«, wollte sie auf einmal wissen, und ich erschrak erneut. Ich wollte nicht, dass sie, dass irgendein Mensch sehen, auch nur ahnen konnte, wie ganz und gar unmöglich es in meinem Inneren aussah. Statt einer Antwort schüttelte ich vorsichtig den Kopf. Sie drückte mir ihre Karte in die Hand.

»Wenn es Ihnen wieder besser geht, würde ich gerne die ganze Geschichte hören«, sagte sie, dann trat sie zur Seite, und ich ging an ihr vorbei durch die Tür.

»Bezahlt habe ich schon«, rief sie mir noch hinterher, aber ich war bereits auf dem Weg zum Ausgang.

Sein – Hamlets Traum I

Ich versuch, sie loszulassen, mich zurückzuziehen, ohne dass sie es mitkriegt. Vielleicht kommt sie zur Besinnung, vielleicht gibt sie den ganzen verrückten Plan auf, wenn ich mich nicht mehr einmische? Ich bin tot, daran ist nichts mehr zu ändern. Was macht es schon, dass ich nicht die geringste Ahnung hab, was jetzt aus mir wird? Ich nehm an, das ist eben so, wenn man stirbt. Da muss man vermutlich einfach durch, wenn man tot ist. Sie aber lebt. Und sie soll nicht weiter in dem *Dreck wühlen, nicht so ...*

Es fühlt sich ein bisschen an wie früher, als sie noch Lia war. An manchen Tagen verschwand sie einfach, und ich wusste nie, wohin. Zuerst traute ich mich nicht zu fragen, weil ich ja selbst immer wieder verschwand, wenn ich mir was besorgen musste. Und solang ich nicht fragte, dachte ich, fragt sie auch nicht, also geht's vielleicht gut. Nicht, dass ich ihr etwas vormachen wollte, was denn auch? Es war nicht zu übersehen, dass ich drauf war, nicht für sie. Es war ... ich hatte einfach Angst vor den falschen Fragen, denk ich.

Irgendwann hatte ich selber die Schnauze voll, immer wieder loszuziehen, losziehen zu müssen. Eines Mittags wachte ich neben ihr auf. Sie schlief noch. Sie war wunderschön. Mein Körper machte bereits deutlich klar, was er wollte und ich brauchte, aber plötzlich war der Gedanke, jetzt aufzustehen, loszugehen, eine Runde auf dem Strich zu machen, sich dann was zu besorgen, einfach nur noch zum Kotzen. Also blieb ich liegen und sah ihr beim Schlafen zu. Sie sah so friedlich aus ... ich versuchte, ihren Frieden einzuatmen, ihn auf mich abfärben zu lassen und so das Unvermeidlich rauszuzögern, wenigstens für eine Weile. Natürlich klappte das nicht; irgendwann ging's nicht mehr, wie denn auch. Irgendwann wachte sie auf, blinzelte mich verschlafen lächelnd an und bekam, wohl noch im selben Augenblick, den Turkey mit.

»Ist schon okay«, sagte sie, immer noch lächelnd, und nahm mich in den Arm, »Wir stehn das gemeinsam durch.«

Sie blieb einfach da.

Dasselbe tat sie später immer wieder – als mein Erzeuger Ärger machte, als sie die Gelbsucht bekam, als Marie mit dem Virus geboren wurde, als ich mich verpissen wollte, weil ich dachte, es ist besser so. Und weil ich Schiss hatte, ich kann nicht damit leben, dass das meine *Schuld ist.*

Sie verschwand selbst zwischendrin auch immer mal wieder, für Stunden, aber sie kam jedes Mal zurück. Selbst, als ich es nicht mehr aushielt, anfing, Rückfälle in Serie zu bauen, war sie jedes Mal da. Es war egal, ob ich gerade versuchte, das Leben irgendwie clean auf die Reihe zu kriegen oder ob ich kaputt von Strich und Szene nach Hause zurückkam, sie war da und machte klar, sie würde bleiben. Auch wenn ich nicht verstand, warum sie mich trotz allem wollte, trotz allem liebte, ich glaubte ihr, glaubte, sie bleibt, glaubte, wir gehören zusammen. Das Kommen und Gehen, darauf zu vertrauen, der andere ist noch da, wird keine Fragen stellen, aber zuhören, wenn man reden will, wurde für mich zu so etwas wie die Gezeiten unserer Liebe. Klingt kitschig, ich weiß.

Vielleicht hab ich's deshalb nicht nur geglaubt, sondern auch immer wieder angezweifelt? Immer, trotz allem, auf den Tag gewartet, an dem ich zurückkomm, von irgendwo, und sie ist weg, die Bude ist leer? Dass es andersrum sein würde, darauf wär ich nicht gekommen. Der Tag, an dem sie ging, war so anders nicht. Selbst rückblickend hab ich keine Ahnung, wie es dazu kam.

Wir brachten gemeinsam Marie zu Regine, als sie plötzlich sagte: »Ich muss weg.« Ich hatte gerade überlegt, ob ich ihr sagen soll, heut abend brauch ich was, der Tag war scheiße, ich brauch was, damit ich morgen versuchen kann, zum X-ten Mal 'nen Job zu finden für mehr als ein paar Tage, und dann sagt sie sowas.

Ich war überrascht, fragte sogar, warum, wunderte mich aber nicht, dass keine Antwort kam. Ich war ja sicher, bis ich nach Hause zurückkomm, ist sie längst wieder da. Oder kommt doch höchstens ein, zwei Stunden später.

Aber sie kam nicht, weder zu mir noch zu Regine. Sie rief nicht an, sie holte ihre Sachen nicht ab, nichts. Und doch brauchte ich ein paar Tage, bis ich begriff, sie ist weg, wirklich und endgültig weg.

Vielleicht, denk ich, vielleicht funktioniert das auch jetzt, nur umgekehrt. Vielleicht muss ich nur aufhören, an sie zu denken, nicht mehr drauf bestehen, dass sie Lia ist. Vielleicht kann Ophelia dann einfach zurück in ihr neues Leben gehen, und ich find schon noch raus, was Tote so tun?

Ich hab mich gefühlt wie tot, als es damals endlich bei mir ankam, sie ist weg. Nachdem ich mich eine Weile lang nur zugemacht hatte, kapierte ich, nee, was immer ich war, tot war ich wohl nicht, ganz im Gegenteil. So viel Stoff gab's gar nicht, dass ich aufhören konnte, an sie zu denken, sie zu vermissen. Mir war kalt, mir ging's beschissen, ich hätte nur noch heulen können, selbst unmittelbar nach jedem Knaller. Also fing ich an, nach ihr zu suchen.

Zuerst in Koblenz. Auf der Szene kannte sie so gut wie niemand, und wenn, dann nur in meiner Begleitung, als meine zumeist stumme Freundin eben. Das brachte mich nicht weiter.

Aber irgendwo, dachte ich, irgendwo muss sie doch hingegangen sein, wenn sie zwischendrin für Stunden verschwunden war, irgend jemand musste sie gesehen haben. Sie hatte nie irgend etwas mitgebracht von diesen Ausflügen oder Andeutungen über diese Auszeiten gemacht, genau, wie sie nie über die Vergangenheit reden wollte. Ich wusste weder, woher sie gekommen war, noch, wohin sie gegangen sein könnte. Manchmal kam es mir so vor, als hätte es sie gar nicht gegeben, als sei sie nur eines meiner Hirngespinste. Dann bin ich jedesmal zu Regine, ich musste dann einfach Marie sehen – Marie, den Beweis, dass es auch Lia gegeben haben musste und die Liebe obendrein. Aber auch die beiden hörten nie was von Lia.

Verrückterweise war es ein Rausschmiss, der mich auf den Weg brachte. Ich hatte in den Wochen seit ihrem Verschwinden Wichtigeres mit der Kohle vom Sozialamt zu tun, als sie meinem Vermieter in den Rachen zu werfen. Offensichtlich hatte er das übel genommen und bei der Gelegenheit gleich den Sozis Bescheid gegeben – die ihrerseits plötzlich wissen wollten, ob es nicht besser wäre, wenn sie für uns beide das mit dem Wohngeld direkt regeln würden. Nur – sie war ja nicht mehr da. Zuerst schien das, mit einem Mal offiziell, nur noch mehr Fragen zu bedeuten. Fragen, die ich nicht beantworten konnte. Fragen, die in der Wunde in meinen Eingeweiden bohrten. Bis mir plötzlich dämmerte, genau hier lag eine Spur, längst kalt und ganz schwach, aber immerhin.

Ich musste auf den Sachbearbeiter einreden wie auf ein krankes Pferd, bis er zumindest bereit war, mich ihre vorherige Adresse »raten« zu lassen. Nach ein paar Versuchen hatte ich es, jedenfalls grob: Neuenheimer Feld – Heidelberg, stimmt, das hatte in dem Ausweis gestanden, der zu den wenigen Relikten ihrer Vergangenheit gehörte, die allesamt Platz hatten in ihrem Rucksack; Relikte, bei denen ich immer das Gefühl hatte, es wäre ihr lieber, es gäbe sie nicht. Trotzdem, vielleicht war sie dorthin zurückgekehrt, ins Neuenheimer Feld? Wer weiß, was es da gab, was da gewesen war, früher, bevor wir uns getroffen hatten. Also machte ich mich auf den Weg ...

Plötzlich störte es nicht mehr, dass ich nun die Bude räumen musste, denn für mich allein war das Ding selbst amtlicherseits zu groß. Hier konnte, hier wollte ich ohnehin nicht bleiben. Lias wenige Sachen brachte ich zu Regine, bei der Marie inzwischen offiziell gemeldet war, 'ne Pflegschaft eben. Mir hätten sie die Kleine nur weggenommen, und vermutlich hätten sie damit sogar recht gehabt, irgendwo. Lias Portrait ließ ich auch bei den beiden, nahm nur mehrfache Kopien davon mit. Zu groß war meine Angst, ich könnte diese Verbindung zu ihr auch noch verschlampen. Meiner Schwester sagte ich nicht, was ich vorhatte, nur, dass ich mein Leben auf die Kette kriegen müsste. Sie hielt es wahrscheinlich für eine meiner üblichen »Ausreden«, aber sie ließ mich gehen. Es war uns beiden klar, so, wie ich da drauf war, wäre ich für Marie und sie sicher keine Hilfe.

Die Reise selbst war ziemlich ätzend. Theoretisch hätte man das vermutlich in'nem halben Tag schaffen können, zumindest mit 'nem eigenen Auto hätte das möglich sein sollen. Aber ich hatte nur meinen Rucksack, meinen Schlafsack und meinen Daumen ...

Das erste Stück bis zur Autobahn traf ich nicht etwa, wie befürch-

tet, auf meinen Alten, sondern auf einen alten Bekannten, einen Freier. Was soll's, dachte ich, kann der zur Abwechslung mal was für mich tun – denkste! Plötzlich bog der Typ bei der Raststätte Montabaur von der Autobahn ab und stellte mich vor die Wahl: Er wollte nach Driedorf, über die B 225, es sei denn ... Es sei denn was?, *wollte ich genervt wissen. Naja, sagte er, wenn ich ihm einen blasen würde, würde er eventuell den »Umweg« über Limburg in Erwägung ziehen. Mir war scheißegal, ob das für ihn mehr oder gleich viel Kilometer gewesen wären, ich hatte keinen Nerv auf seinen Schwanz oder irgendeinen von der Sorte. Ob er jedem Tramper damit käme, fragte ich noch, als ich meinen Kram zusammen suchte. Nein, meinte er, nur solchen, bei denen er wüsste, dass sie sich eh für jeden Dreck verkauften.*

Jedenfalls stand ich am Ende geschlagene zwei Stunden an der Auffahrt bei der Raststätte, und hoffte, sein Auto hätte eine dieser sauteuren Speziallackierungen. Dann wäre mein Tritt in die Beifahrertür wenigstens anständig was wert gewesen.

Bei meiner nächsten Mitfahrgelegenheit hätte sich so eine Aktion nicht gelohnt, das Auto war ungefähr so gut in Schuss wie meine Wenigkeit. Allerdings redete der Fahrer – ungefähr mein Alter wohl, aber er kam mir vor wie ein Wesen von einem fremden Planeten – in einem fort und zwar ausgerechnet über Computer. Anscheinend war er auf dem Weg nach Frankfurt, weil dort die »IT-Welt einen goldenen Boden hat«, wie er immer wieder betonte. Ich wusste nicht mal, wovon er redete. Mich hatten diese Kisten noch nie interessiert, und außerdem wollte ich meinen Gedanken über Lia nachhängen. Normalerweise kann ich ganz gut auf Durchzug schalten, aber dafür muss ich erstens genug Zeug im Körper haben, und zweitens, naja, ich war halt unsicher, mich machte die ganze Sache verdammt nervös. Und dann ständig dieses Gelaber im Ohr von jemand, der offensichtlich nicht kapierte oder nicht kapieren wollte, dass ich kein Wort von dem verstand, was er die ganze Zeit absonderte!

Kurz hinter Wiesbaden hielt ich es nicht mehr aus. Zuerst hatte ich noch überlegt, mich von ihm mit in die Stadt nehmen zu lassen, damit ich mir von der Kohle, die ich Regine aus den Rippen geleiert hatte, Nachschub für den nächsten Tag besorgen konnte, aber dann hätte ich ihm ja noch länger zuhören müssen ... Also belaberte zur Abwechslung ich ihn und machte ihm klar, er könnte mich an der Tanke hinter Wiesbaden rauslassen. Vom Autobahnkreuz käm man so schlecht weg und mit der Hattersheimer Raststätte hätte ich schlechte Erfahrungen gemacht. Er schluckte den Köder, fragte brav nach, was denn da gewesen sei. Mein hingeworfenes »nix weiter, bin da nur mal mit Stoff hochgenommen worden« verfehlte seine Wirkung nicht, vor allem, weil ich im selben Moment demonstrativ anfing, an irgendwelchen halbverkrusteten Einstichen rumzukratzen. Manchmal sind gewisse Vorurteile gegen Junkies doch ganz nützlich ...

Wirklich willkommen war ich an der Tanke auch nicht, schon gar nicht, als ich mir dort auf dem Klo mein Süppchen kochte. Nach der Nerverei hatte ich das dringend nötig – und ich musste unbedingt das mulmige Gefühl im Bauch loswerden, mit meiner Spurensuche würd ich Lia zu sehr auf die Pelle rücken. Bis jetzt hatte ich ihr Kommen und Gehen inklusive ihres Schweigens über alles, was vor Koblenz, vor unserer Begegnung in ihrem Leben gewesen war, akzeptiert – wer weiß, ob es für sie okay wäre, sollte ich jetzt Glück haben und sie finden?

Dass die Putzfrau sich durch mich gestört fühlte, war mir dagegen egal; sollte sie doch von außen an den Verschlag bummern und lauthals schimpfen ... bis sie schließlich mit dem Tankstellenpächter wiederkam, war ich längst fertig und wusch mir im Vorraum die Hände. Ich ignorierte die bösen Blicke und hörte nur noch, wie der Typ mir was von »die Bullen holen« hinterher blökte. Was kratzte mich das?

Jetzt, wo ich wieder richtig gut drauf war, hatte ich keine Probleme, eine junge Frau auf dem Parkplatz anzulabern. Auf der Fahrt über die Dörfer erzählte ich ihr die, sagen wir, jugendfreie Variante meiner Suche nach Lia. Am Ende stand ich im Neuenheimer Feld und hatte fast das Gefühl, ich wäre nur noch einen halben Schritt vom Wiedersehen mit Lia entfernt. Aber das hielt nur Sekunden ...

Heidelberg war ernüchternd, in mehr als einer Hinsicht. Ich hatte mir die Stadt immer als eine einzige Altstadt mit verwinkelten Gassen und ein paar großen, alten Gebäuden, eben dem Schloss und der Uni, vorgestellt. Neuenheim und das Neuenheimer Feld entsprachen dem in keinster Weise. Okay, unübersichtlich war es hier, aber riesig dazu, ein gigantisches Feld, eine Wahnsinnswiese voller Neubauten näm lich. Aber das waren nicht etwa Wohnhäuser, sondern merkwürdige Betonklötze, die irgend jemand mitten ins Grüne, zum Teil bis runter an den Neckar, gepflanzt hatte.

Ich kam mir ganz klein vor auf einmal, klein und unbedeutend. Hier passte ich nicht hin, ich bekam fast Paranoia, dass jeder das sehen könnte. Keine Ahnung, woher das kommt. Meist konnt ich ganz gut mit dem leben, was ich nun mal war. Meist fand ich's nicht mal besonders ätzend, dass die Kohle für das, was üblicherweise in meinen Venen landete, entweder zusammengeschnorrt war oder vom Strich kam. Das Zeug, was ich mach, Schmuck und so, verkaufte ich zu selten, und außerdem brauchte man ja schon für das Material vorab Kohle. Dealen liegt mir nicht, als Dieb bin ich eher 'ne Nullnummer, und immer schnorren, das wär's auch nicht. Ist zu unsicher, zu nervig, und es gibt halt Tage, wo ich Null Bock hab zu reden. An so 'nem Tag bin ich das erste Mal auf dem Strich gelandet, ich war mit 'ner Bekannten mitgegangen. Irgendwie passte mir die Vorstellung nicht, dass sie's für uns beide besorgte, also dachte ich, was sie kann, kann ich schon lange ... Stimmte ja auch, bloß, dass es immer mal wieder diese Momente, diese Tage gab, wo mich genau das ankotzte und wo ich dann Paranoia hatte, sieht mir eh jeder an. Lia hatte dazu nie was gesagt, obwohl sie wusste, woher meine Kohle kam. War mir ganz recht, so lange sie bei mir war, nur, jetzt hieß das, ich wusste auch nicht, wie sie das fand. Hatte es sie gestört, sie vielleicht irgendwann dermaßen angekotzt, dass sie keine Lust mehr auf mich hatte? Damals war das eine der Fragen, bei denen ich heilfroh war, dass sie sie nie stellte, jetzt bekam ich das alles dämlicherweise nicht mehr aus meinem Schädel.

Woher das zwischen den Betonklötzen am Neckar kam, wusste ich nicht genau. Die Dinger mochten nicht aussehen, wie ich mir sonst akademische Elfenbeintürme vorstellte, aber so richtig naheliegend war der Gedanke, dass ausgerechnet hier sonderlich viele Stricher unterwegs waren oder die Elfenbeinturmbewohner Typen wie mich überhaupt bewusst als solche wahrnahmen, nicht. Trotzdem ...

Die nächste Welle mulmiger Gefühle erreichte mich, als mir dämmerte, das Gelände hier gehörte nicht nur allgemein zur Uni, da gab's Physik, Chemie und irgendein Theoretikum, sondern ganz speziell zur

Uniklinik. Es war eine regelrechte Stadt in der Stadt; die Gebäude waren entweder Hörsäle oder Kliniken aller Art, und letzteres war 'ne echt grauenhafte Vorstellung. Ich kann Krankenhäuser nicht ab, da hab ich immer das dämliche Gefühl, gleich gibt's Ärger. Wahrscheinlich, weil die paar Mal, wo mein Alter dermaßen ausgerastet ist, dass ich 'nen Medizinmann brauchte, nur Stress waren: Krankenhaus als Kind hieß ein paar Tage Ruhe vor ihm, aber dummerweise mit der ständigen Panik im Nacken, was passiert, wenn die jeweilige Ausrede – Treppe runter gefallen, Unfall mit dem Fahrrad oder Schlägerei auf dem Schulhof –, doch nicht zu den Röntgenbildern und dem Rest passte? Und seit ich drauf war, hieß es dumme Fragen, schief angesehen werden, wie Dreck behandelt werden, weil ich ja schließlich selber schuld war in deren Augen, egal, weswegen ich grad die Notaufnahme nicht mehr vermeiden konnte. Am schlimmsten war's, als ich mir in meinem ersten Winter auf der Straße ausgerechnet 'ne Lungenentzündung einfing. Ich fand das Pola eher ungeil, ich mag's nicht, wenn mich was schlichtweg dämpft, einfach nur lahmlegt, aber keinen Kick hat. Nur, dass der Entzug davon um Klassen ätzender war als sonst, hätt ich mir nicht träumen lassen. Lauter so'n Zeug kam mir hier in den Sinn und entsprechend mulmig war's mir, zwischen all den Kliniken rumzurennen.

Zu dämlich auch, dass mir der Idiot auf dem Sozialamt keine genaue Adresse verraten hatte. »Datenschutz«, hatte er behauptet, und gemeint, wenn ich mich schon nicht deutlicher erinnerte, vielleicht sollte ich die Frau dann besser vergessen? Als ob Lia zu vermissen, Lia zu lieben irgendwas mit der Hausnummer einer Bleibe, in der sie ganz offensichtlich nicht hatte bleiben wollen, zu tun hatte!

Im Neuenheimer Feld, das war alles, was ich wusste. So hieß die ganze Gegend, aber so hieß auch eine irre lange, gewundene Straße hier. Nur, da fand ich beim besten Willen nichts, wo man hätte wohnen können. Und was immer in Lias Ausweis gestanden hatte, das musste doch wohl eine Wohnadresse gewesen sein, oder? Ich mein, ich konnte mir Lia schon als Studentin vorstellen, klug genug war sie allemal, nur begriff ich nicht, was daran so schrecklich gewesen wäre, dass sie nicht mal mit mir drüber reden wollte. Konnte es sein, dass sie hier in sowas wie 'ner Psychiatrischen Klinik gelebt hatte, eingesperrt halt? Aber dann hätt sie mit ihrem Ausweis doch nicht zum Soz-Amt gehen können, die hätten sie bestimmt gleich wieder zurückgeschickt. Je mehr ich hier rumrannte, um so weniger schien das alles zu Lia, zu meiner Lia zu passen.

Irgendwie traute ich mich nicht, einen der vielen Studenten, die hier mit dem Fahrrad unterwegs waren oder auf dem Rasen saßen, anzuquatschen. Selbst wenn einer von ihnen Lia gekannt haben sollte, was würde der mir sagen? Würde der nicht genau wie die Pressefritzen in Koblenz reagieren? Ich fühlte mich so schon unsicher genug, hatte keinen Bedarf an 'ner Extraladung Verachtung; also lief ich weiter ziellos durch die Gegend, abwechselnd durch Wiesen und Betonschluchten, Steinlabyrinthe, wie mir schien, und hoffte, es würde irgendwie auch so funktionieren.

Plötzlich stand ich am Neckarufer, und da waren die ersten Häuser, in denen man offenkundig wohnen konnte – Schwesternwohnheime, klar, logisch, in den ganzen Krankenhäusern konnten schlecht nur Professoren und Studenten wichtig tun, irgendwer musste die Drecksarbeit machen. Jetzt oder nie, dachte ich, und ging auf das erste der drei Gebäude zu, suchte und fand die Klingel der Pforte.

»Ja bitte?!«, schallte es mir blechern aus der Sprechanlage entgegen.

»Ähm, ich suche eine, eine ehemalige Bewohnerin des Hauses«, ich kam mir lächerlich vor, mit diesem Metallding an der Wand zu reden, »könnt ich vielleicht reinkommen und Ihnen das erklären?«

»Da müssen Sie morgen wiederkommen, jetzt ist niemand mehr in der Verwaltung, und ich werd Ihnen sicher nichts sagen, wer weiß, ob Sie überhaupt berechtigt sind –.«

Weiter brauchte ich nichts zu wissen. Mehr aus Trotz denn mit der Hoffnung, etwas zu erreichen, klapperte ich noch die anderen Wohnheime ab. Das Ergebnis war niederschmetternd. Da es inzwischen dunkel wurde, tat ich das einzig halbwegs Vernünftige: Ich nahm die Tram in die Innenstadt.

Die sah schon mehr so aus, wie ich mir Heidelberg vorgestellt hatte, aber das interessierte gerade nicht. Was ich jetzt brauchte, war ein Platz zum Pennen, ein Vorrat für morgen und vielleicht noch'n La-

den, wo ich was essen und 'ne Runde nachdenken konnte. Da Regine morgens guter Laune gewesen war, hatte ich immerhin keine Schwierigkeiten, was die Finanzierung anging, zumindest für das wirklich Nötige. Die Szene zu finden, ist nie ein Problem. Ist ein bisschen wie bei Zugvögeln, die brauchen schließlich auch keine Landkarten und keinen Kompass, nur dass ihnen ihre Ziele selten freiwillig entgegen kommen. Angebote bekam ich ziemlich bald, bloß, in 'ner fremden Stadt weißt du halt nicht, was dir jemand andrehen will. So schnell, wie die Geier Beute wittern, so schnell wissen sie auch, das ist jemand Neues, jemand, der sich vor Ort nicht auskennt. Und dann stellt sich halt die Frage – ist das jemand, der bleiben will, der das Potential hat, auf Dauer zu sowas wie 'nem Stammkunden zu werden, kennt der vielleicht wen oder ist da wer nur auf der Durchreise und damit ideal zum Verarschen? Ich schleppte meinen ganzen Kram durch die Gegend, auffälliger ging's kaum, das machte die Sache nur noch riskanter. Also lehnte ich erstmal dankend ab und ging spazieren.

Im Stadtpark beim Bahnhof war einiges los. Sollte mir die Kohle ausgehen, würde ich hier vermutlich erst 'nen Freier und dann 'ne Quelle finden können. Gut zu wissen. Die Neckarwiese war auch noch ganz gut besucht, aber ich wusste nicht, ob ich hier wirklich pennen wollte. Es sah für mich zu sauber aus, wer weiß, ob das einfach nur am »Ländle« lag, mit den japanischen Touristen kam oder hier nachts wer für Ordnung sorgte. Schließlich hing ich noch eine Weile zwischen Stadtpark und Bismarckplatz rum, schaute mir das Treiben an. Ich überlegte, ob ich mich mit jemand von hier zusammentun sollte, aber mir war so gar nicht nach reden, deshalb ließ ich's bleiben. Nach einer guten, dreiviertel Stunde hatte ich auch so einigermaßen 'ne Idee, worauf ich mich einließ, als ich schließlich kaufte.

Blieben die Notwendigkeit, was zu essen und einen Pennplatz zu finden – und eben, meine Gedanken ein Stück zu sortieren. Mir irgend 'ne vorgefertigte Unterkunft zu suchen, hatte ich keine Lust. Man wusste ja nie, wer wie wem welche Daten weitergibt. Und Fragen hatte ich selbst genug, die brauchte ich nicht noch von jemand anders. Also verschob ich die Entscheidung, ob und wenn ja, wo ich diese Nacht pennen würde, kurzerhand auf später. Ein Ort zum Nachdenken und womöglich zum Essen hatte erstmal Vorrang. Auf so'n

Mist wie MacDoof kann ich nicht, ich suchte nach 'ner ganz gewöhnlichen Kneipe, wo ich schlicht nicht auffallen würd und einfach 'ne Weile in 'ner Ecke sitzen konnte.

Mitten in dem Gewirr aus Gassen und Plätzen landete ich plötzlich vor einem eigentümlichen Laden. »Hörnchen« hieß das Ding, und es musste wohl mal ein Geschäft mit Schaufenstern gewesen sein. Die Leute drinnen sahen so aus, als ob sie kein Problem mit mir kriegen würden, und es war Platz genug, dass ich meinen Rucksack irgendwo unterbringen konnte. Zuerst zog es mich zu dem großen Tresen, aber dann wurde ein Sitzplatz im Fenster frei, und so nahm ich den. Die Kellnerin kam prompt, viel schneller, als ich wusste, was ich wollte. Der Kakao mit Sahne sei gut, meinte sie. Klang vernünftig, das waren erstmal Zucker und ein paar Kalorien, dann konnte ich später sehen, ob ich davon noch mehr in fester Form wirklich brauchte.

Ich schaute aus dem großen Fenster auf die Straße. Leuten beim Vorbeigehen zuzusehen, hilft mir manchmal beim Nachdenken, und genau das hatte ich nötig. Immerhin hatte ich fast den ganzen Tag vertrödelt, ohne wirklich was herausgefunden zu haben. Grottendämlich, ich weiß, aber was sollte ich tun? Okay, ich konnte morgen noch mal zu den Wohnheimen latschen und in der Verwaltung nachfragen. Die Aussicht war zwar alles andere als verlockend, doch das musste ich wenigstens durchziehen. Ansonsten – klar, ich könnte mit ihrem Bild durch die Stadt rennen und Leute anquatschen; wenn ich 'ne Bleibe hier hätte, könnte man sogar das Bild an Laternenpfosten und dergleichen pappen und schauen, ob sich nicht jemand meldete. Was aber, wenn sie gar nicht hier war? Oder wenn sie gar nicht gefunden werden wollte, erst recht nicht von mir? Solange wir zusammen gewesen waren, schien unser wort- und frageloses Einverständnis das Beste, was mir passieren konnte. Jetzt – jetzt hatte ich auf einmal all die Fragen am Hals, die ich früher immer vermieden hatte. Nur, dass ich sie jetzt, alleine, unmöglich beantworten konnte. Warum nur hatte ich –

»Ist hier noch frei?«, wurde ich plötzlich aus meinen Gedanken gerissen.

Die junge Frau mit den bunten Haaren war höchstens zwanzig. Sie schaute mich abwartend an, während ihr scheckiger Hund an meinem Rucksack schnüffelte.

»Klar«, antwortete ich. Sie setzte sich, ich schaute wieder aus dem Fenster.

»Du bist nicht von da«, stellte sie fest, »hab dich hier noch nie gesehen.«

»Ich such meine Freundin«, versuchte ich, erst gar keine unliebsamen Missverständnisse aufkommen zu lassen. Und eh ich mich versah, hatte Myrna – das Mädchen – die Sache bereits in die Hand genommen. Sie war verdammt praktisch veranlagt für jemand mit 'ner ausgeprägt romantisch-spontanen Ader. Am Ende des Abends hing Lias Porträt mit Myrnas Nummer nicht nur im »Hörnchen«, im »Pop« und im »Café Burckhardt«, sondern auch in 'nem knappen halben Dutzend anderer Szeneläden und im Headshop. Noch ein paar durchquatschte Stunden und ein chaotisch-improvisiertes Abendessen später rollte ich mich neben Admiral Nelson, Myrnas Hund, auf dem Teppich in ihrem WG-Zimmer zusammen. So schlecht war der erste Tag vielleicht doch nicht gelaufen.

NICHTSEIN? OPHELIA AM FLUSS

Ziellos wanderte ich durch die Straßen, erstmal nur weg vom Mumpitz und der Journalistin. Ungefähr ein Jahr hatte ich gut mit mir und dem Nichtwissen gelebt, es war erstaunlich einfach gewesen damals. Der erste Schock nach dem Aufwachen im Krankenbett, die Mitteilung, man habe mich mehr tot als lebendig aus dem Fluss gezogen, die erschreckende Erkenntnis, dass ich mich selbst – oder vielmehr die Frau, die ich vorher gewesen war – vergessen hatte, das alles war ganz sicher nicht schön. Es war schlicht unnatürlich, sich seiner selbst nicht zu erinnern, jedenfalls als erwachsener Mensch. Aber man konnte damit leben, und rückblickend war das nicht mal besonders schwierig.

Alles, was es damals brauchte – so schien es mir in diesem Moment, als ich durch die Einkaufsstraße lief, mich zwischenzeitlich in der Altstadt wiederfand und schließlich am Ufer des Rheins stand –, alles, was nötig war, um zu leben, war leben zu wollen. Das reichte doch jedem Neugeborenen, ein Körper, der atmet und lebt, und der Wille zum Leben, die Bereitschaft, neue Erfahrungen zu machen, eben mit dem Leben anzufangen.

Es spielte keine Rolle, was davor gewesen war, wer ich gewesen war. Ich konnte mich nicht erinnern, ich konnte nicht einmal fühlen, dass es ein »davor« gegeben hatte. Allein die Logik sagte mir, es gab ein Leben vor dem Erwachen im Klinikbett, weil Menschen nicht mit Mitte zwanzig aus dem Nichts auftauchten und weil ich offensichtlich Fähigkeiten hatte, die andere Menschen erst mühsam lernen mussten: Ich konnte schreiben, ich konnte lesen, ich konnte eine ganze Menge alltäglicher Dinge. Kaffee kochen, putzen, telefonieren – nur dass ich nicht wusste, mit wem –, alles, was ein Mensch für die Bewältigung seines Alltags brauchte, gehörte sozusagen zu meiner Grundausstattung. Manchmal erkannte ich eine Melodie im Radio. Gelegentlich ertappte ich mich sogar, wie ich irgendwelche Lieder vor mich hinsummte, aber ich wusste nie, woher ich sie kannte. Nur eben, dass ich sie kannte und nicht etwa in dem Moment zum ersten Mal hörte.

Zudem hatte ich gewisse medizinische Kenntnisse, Basiswissen wohl eher. Die Ärzte konnten sich nicht einigen, ob ich Medizinstudentin gewesen war oder Krankenschwester gelernt hatte, aber für mich war es ein Anfang. Und Martha – Martha, die meinen Körper nach Spuren eines möglichen Verbrechens untersucht hatte, ohne etwas Eindeutiges, Zwingendes zu finden –, Martha verstand das auch, vielleicht am besten, vielleicht als einzige. Zuerst besuchte sie mich am Krankenbett, dann fing sie an, mir von ihrem Leben und ihrer Arbeit zu erzählen. Mit ihr und den Toten zu arbeiten, erschien mir bald als das Passendste für mich. Ich hatte den Tod überlebt. Meine Vergangenheit war gestorben. Menschen, lebende Menschen beunruhigten mich und fanden mich mit meiner Amnesie selbst beunruhigend; also, warum nicht mit Martha und ihren Toten arbeiten?

Es war ebenso logisch wie naheliegend. Irgendwann gab es für die Ärzte keinen Grund mehr, mich in der Klinik zu behalten, denn mir fehlte nichts außer der Erinnerung. Ich war kerngesund, physisch genesen und psychisch, nun, ich war jedenfalls nicht krank. Niemand sprach es aus, doch ich glaube, ich war ein Präzedenzfall, aber mit Marthas und Hassans Hilfe kam es schließlich zur Entlassung aus dem LKH. Mehr noch: Mit Erfolg setzten die beiden zudem alles daran, dass ich ohne echte, also auf Papier und in Computerdateien dokumentierte und amtlich abgestempelte Identität, im Institut arbeiten und ein neues, eben *mein* Leben beginnen konnte.

Alles schien gut, alles schien richtig. Martha gewöhnte sich bald daran, dass ich mich zwar nicht erinnerte, aber die Erinnerungen der Toten fühlen, hören konnte, und mir gefiel mein stilles, zurückgezogenes Leben so, wie es war. Bis jetzt.

Jetzt, jetzt stimmte gar nichts mehr. Ich wusste nicht, was bedrohlicher war: Das Dunkel der Amnesie, die meine Heimat und Zuflucht gewesen war, ein Teil von mir seit langem, oder der einsame Lichtpunkt mittendrin, voll von fremden Bildern, die wie ein Blitz in mein ruhiges, beschauliches Dasein gefahren waren.

Ich stand am Rhein, roch den Fluss, spürte den Westwind auf meiner Haut – wie ich dort hingekommen war, wusste ich nicht – und fragte mich, hatte die Frau, die ich gewesen war, vor über einem Jahr genauso am Fluss gestanden, hinunter gestarrt, und nichts außer Leere und Chaos in ihrem Inneren gespürt? War sie deshalb gesprungen, war sie deshalb gestorben und hatte damit, ohne es zu wollen, ein paar Kilometer flussabwärts, einige Tage später, mich, Ophelia, ins Leben geworfen? Aber noch einmal zu springen machte keinen Sinn. Selbst der Tod war unwirklich und sinnlos für mich, wie mein Dasein, wie diese Insel, diese Begegnung in meinem Kopf.

Ich nahm meinen Blick und meine Gedanken vom Fluss weg, ging ein Stück am Ufer entlang. Die Mauer schirmte mich wohltuend von der Stadt und den Menschen darin ab. Hier in der Nähe hatten die Ereignisse stattgefunden, die mir mein Hirn vorgegaukelt hatte. Hier waren die Bilder, von deren Existenz ich vor Stunden nicht einmal etwas geahnt hatte, Wirklichkeit gewesen. Dort die alte Bank, die dringend neue Farbe brauchte, in einer Nische der Ufermauer – dort hatte Raffael mit einer Frau gesessen, die ihm Gedichte vorlas. Die Bilder waren noch in meinem Kopf, aber was hatten sie mit mir zu tun? Sie erzeugten kein Echo, es gab keine Verbindung. Und, was fast noch erschreckender war, ich konnte ihn nicht mehr fühlen, ihn, meinen toten Begleiter! Sein Insistieren, ich sei eine andere, hatte mich schier verrückt gemacht, und jetzt war er verschwunden! Hatte es ihn je gegeben oder hatte ich mir das alles nur eingebildet, es womöglich erfunden, weil ein Teil von mir die innere Einsamkeit, die Isolation von meiner eigenen Geschichte, nicht mehr ertragen konnte? Bis zu dem Blitz, bis zu der unerwarteten Bilderflut, war die Einsamkeit meine Zuflucht gewesen, jetzt ließ sie mich frösteln.

Plötzlich wurde mir schwindelig. Vorsichtig ging ich zur Bank und setzte mich. Hatte ich wieder vergessen zu essen? Das wäre nicht weiter ungewöhnlich, so etwas passierte mir öfter –

manchmal kam es mir so vor, als hätte ich mir den Körper nur von meiner Vorgängerin geborgt und sei deshalb nicht so vertraut mit seinen Bedürfnissen und Signalen, wie ich es hätte sein sollen. Automatisch kramte ich in meiner Tasche. Bald hatte ich einen Apfel in der Hand und fing an, ihn zu essen. Der Apfel war real. Das Kauen meiner Kiefer, der süß-säuerlich frische Geschmack, der Geruch des Rheins, das Gefühl der schattigen Bank, die von meinem Körper ganz allmählich erwärmt wurde, all das war real, körperlich, greifbar. Beruhigend materiell, nicht wegzudiskutieren, keine Halluzination, einfach nur da, ohne verborgene Bedeutungen. Der Fluss, der Weg, die Mauer, all diese Dinge waren so real, so fest, wie die Toten im Institut ... und während ich mich noch zurücksehnte nach meiner Arbeit, nach meinem ruhigen, abgeschiedenen Dasein, schlug mir ein Gedanke förmlich ins Gesicht: Auch Raffael war real. Sein Körper ruhte unzweifelhaft im Stahlfach mit der Nummer F 234. Seine Sachen, jedenfalls die meisten, waren im Lagerraum, auch auf der Schachtel stand diese Nummer, genau wie auf seiner grauen Karteikarte. Und das Reclamheft nebst Foto, die gab es auch, sie waren hier, in meiner Tasche, und hatten mich genau hierher, nach Koblenz, an diesen Ort geführt! Und es waren nicht sie alleine, er selbst war es auch gewesen, wenngleich ich nicht zu erklären vermochte, wie ein Toter so etwas bewerkstelligen konnte.

Ihn konnte ich nicht aufgeben, und ich wollte es auch gar nicht. Sein Beharren darauf, ich sei Lia, sagte doch, er hatte sie nie aufgegeben. Er hatte sie weiterhin gesucht, suchte sie noch immer, selbst nach dem Tod. Ob die Bilder in meinem Kopf nun der Traum einer einsamen, gedächtnislosen Frau oder Phantome seiner Vergangenheit, die Sehnsucht eines toten, liebenden Junkies waren, war letztlich gleichgültig. Es war nicht wichtig, ob sie mit mir, Ophelia, etwas zu tun hatten. Vielleicht hatte mich der Fluss mit der Fähigkeit, die Toten zu hören, beschenkt, damit ich zu Ende führte, was er, Raffael, nicht mehr zu Ende führen konnte? Wer immer ich war, wo immer ich herkam, bevor sie mich aus dem Wasser zogen, gerade weil ich wusste, wie leicht es war, zu gehen, zu vergessen, alles hinter sich zu lassen, konnte und wollte ich mich wenigstens diesmal nicht einfach so davonstehlen. Seine Geschichte zu finden, ans Licht zu bringen, das war ich ihm und dem Kind schuldig; nicht erst seit den Lügen, die ich seiner Schwester aufgetischt hatte, hatten wenigstens diese drei ein Recht auf die Wahrheit. Was immer sie sein mochte.

Mir wurde ganz warm bei diesen Gedanken, als ob mein Körper neu belebt würde. Und zugleich überlief mich ein kalter Schauer, der mich erstaunt aufblicken ließ: Da war nichts, es war nur der Wind; es wurde kühl in der beginnenden Abenddämmerung. Ich sah auf die Uhr – es wurde allmählich Zeit. Schließlich, so dachte ich, als ich das Kerngehäuse des Apfels in den Fluss warf, habe ich die Amnesie akzeptiert, ich habe das neue Leben akzeptiert samt den Toten, mit allem, also würde ich auch diese Aufgabe, ob selbstgewählt oder nicht, annehmen können. Ich machte mich auf den Weg zurück in die Innenstadt.

Sein – Hamlets Traum II

Nach der Nacht bei Myrna, nachdem ich morgens rausgefunden hatte, der Stoff, den ich mir besorgt hatte, war längst nicht so mies wie befürchtet, war ich bereit, meinen zweiten Anlauf im Neuenheimer Feld zu wagen. Einer der WG-Menschen lieh mir seinen Studentenausweis, damit ich nicht ganz so schwarz fahren musste, und dann ging's los.

Dummerweise nach hinten, denn entweder konnte oder wollte mir die Dame in der Verwaltung des Schwesternwohnheims nicht helfen. Angeblich hatte es bei ihnen einen Wasserschaden gegeben, dem ganze Datensätze zum Opfer gefallen seien – was immer das heißen mochte, es bedeutete jedenfalls, dass ich nur jede Menge Fragen und keine einzige Antwort zu hören bekam.

Warum wollte ich die Frau finden? Ach, sie war die Mutter meines Kindes und sei vor ein paar Wochen verschwunden, soso. Und ich sei mir sicher, dass sie vorher hier gelebt hatte? Neuenheimer Feld, so hießen doch bestimmt eine Menge Neubaugebiete aller Art, überall in der Republik. Hatte ich denn keine genauere Adresse, eine Hausnummer vielleicht? Und sie sei wirklich meine Frau – meine Freundin gewesen? Aha.

Dann wieder Schweigen, das Schweigen war fast schlimmer als die nervigen Fragen. Ich reichte ihr eine Kopie der Zeichnung.

Nein, das Gesicht sagte der Verwaltungsdame nichts – hatte ich denn kein Foto von ihr? Etwas Realeres halt? Warum sei sie überhaupt verschwunden? Und wieso hatte sie keine Anfrage der Polizei auf dem Tisch, keine Vermisstenanzeige – so ging es in einem fort. Ich wurde immer unsicherer, war das wirklich die Adresse gewesen, war ich tatsächlich in der richtigen Stadt, hatte mich der Soz-Mensch in Koblenz etwa verarscht? Schließlich fragte ich vorsichtig nach, ob es sein könnte, dass Lia nicht als Schwester, sondern als Langzeitpatientin in einer der Kliniken hier gewesen sei.

An dem Punkt machte die Frau ganz dicht. Das sei nun wirklich zu viel verlangt, eigentlich hätte sie mir die bisherigen Auskünfte (welche denn?) schon nicht geben dürfen, da ich ja offensichtlich weder verwandt noch verheiratet sei mit der »ominösen Gesuchten«. Aber wenn es um Patientinnen ginge, wäre ohne offizielle Papiere, wenn es nicht gerade um Amtshilfe ginge, gar nichts drin. Überhaupt, fiel ihr plötzlich ein, ich hätte mich noch nicht mal ordentlich ausgewiesen, wer weiß, was ich wirklich wollte und wer ich tatsächlich war. Vielleicht sollte ich mich doch lieber mit dem Sicherheitsdienst unterhalten?

Zuerst wusste ich nicht, ob sie diese Drohung ernst meinte, aber dann bemerkte ich ihren Blick über meine Schulter zur Tür hinter mir. Ich drehte mich um – und hatte gerade noch Zeit, über den Schreibtisch hinweg, an der dezenten, aufkreischenden Sachbearbeiterin vorbei zum Fenster zu stürzen und rauszuspringen. Raus durch die Tür ging ja nicht, da standen die beiden Wachleute – die netterweise keine Lust hatten, mir auf meinem Weg aus dem ersten Stock heraus zu folgen. Draußen rappelte ich mich hoch und dann rannte ich, was das Zeug hielt.

Ich blieb erst stehen, als mich das Seitenstechen dazu zwang. Ich wollte mich nur kurz an den Gitterzaun lehnen, aber da gab das blöde Ding nach – oder vielmehr, die Tür, die ich als solche nicht erkannt hatte, schwang quietschend nach innen auf – und ich plumpste ihr vor die Füße: Groß, dünn, bestimmt in den Sechzigern, aber mit hennaroter Mähne unterm Hut, der genauso schwarz war wie der Rest ihrer Kleidung.

»Immer herein«, begrüßte sie mich spöttisch, und machte einen Schritt über mich hinweg, um einen Blick auf den Radweg zu werfen. Von dort waren verräterisch-keuchende Geräusche und Laufschritte zu hören, die immer näher kamen. Die Frau in Schwarz schaute kurz zu mir, formte »lass mich machen« mit den Lippen, und so rollte ich mich hinter einen Busch beim Zaun und hielt den Atem an.

So lernte ich Zora kennen – ich fiel ihr vor die Füße, und sie schickte die Wachleute Gottweißwohin. Wofür ich ihr unendlich dankbar war, denn, egal, wie paranoid das klingt, ich hatte ständig Schiss, dass so 'ne Begegnungen mit 'ner Anfrage in Koblenz enden würde, bei der sich dann rausstellte, da war doch noch was offen.

Zora interessierte sich für den Kram kein Stück, aber ansonsten wollte sie so ziemlich alles von mir wissen. Von Lias Porträt schien sie ernsthaft angetan, was wohl bei einer Künstlerin – in ihrem Hexenhäuschen am Neckarufer arbeitete sie nicht nur, es war auch, zusammen mit dem verwilderten Garten und seinen Skulpturen, eine Art bewohnbare Galerie – ein ziemliches Kompliment war. Dummerweise konnte sie sich an keine Begegnung mit Lia erinnern, aber sie hatte eine Idee: Mit ihr, die sie in der Umgebung bekannt war, wie ein bunter Hund, würden die Leute sicher eher reden als mit mir. Wenn ich wollte, würde sie versuchen, etwas über Lia herauszufinden, schlug sie vor. Alles, was ich dafür tun sollte, wäre ihr Gesellschaft zu leisten, und, falls ich Lust dazu hätte, sie und ihre Skulpturen zu malen. Anscheinend wollte sie mit dem Kram hinterher eine Ausstellung machen – und das, obwohl ich ihr gleich sagte, ich hätte schon ewig nichts mehr mit richtigen Farben gemacht, weil ich halt nie Kohle dafür übrig hatte.

Ich rief Regine an, natürlich hatte sich Lia auch in den vergangenen 36 Stunden nicht gemeldet. Was hatte ich schon zu verlieren? Ich konnte genauso gut hier bleiben, abwarten, was Zoras Rumfragen und Myrnas »Plakate« bringen würden und mich 'ne Weile fern von meinem Alten und der Stadt, in der mich jeder Stein schmerzhaft an Lia erinnerte, mit Farben austoben.

Ich blieb fast zwei Monate, malte, verkaufte Zeug für Zora auf dem Flohmarkt und half ihr mit den Skulpturen, wenn es zu anstrengend für sie wurde. Niemand laberte mir in meinen Kram rein, und ich bekam's sogar hin, mich wieder ein Stück weit runterzudosieren. Aber weder die Portraits in den Kneipen noch Zoras Erkundigungen ergaben mehr als Gerüchte. Mal glaubte wer, die Frau auf dem Bild zu erkennen, aber dann konnten sie nie etwas mit dem Namen, sei es ihr Passname oder eben Lia, anfangen. Dann wieder behauptete jemand, eine Frau ihres Passnamens gekannt zu haben, doch das Gesicht auf dem Bild passte gar nicht zu den Erinnerungen. Sie hätte alles und nichts sein können – eine Patientin aus der Kopfklinik, die eines Nachts verschwunden war, eine Schwesternschülerin, von der vermutet wurde, sie sei aus Liebeskummer ins Wasser gegangen, eine Studentin, die plötzlich und grundlos ihre Zelte hier abgebrochen hatte, eine verwirrte Frau in der Innenstadt, die eines Tages nicht mehr die Passanten ansprach. Aber keine dieser »Spuren« führte irgendwohin, die Bruchstücke wollten einfach nicht zusammenpassen.

Bei manchen Männern war klar, die meldeten sich nur bei Myrna, weil sie so an sie ranzukommen glaubten (ziemlich idiotisch, denn Myrna stand nicht auf Kerle). Bei Zora fragte ich mich insgeheim die ganze Zeit, ob sie nicht einfach nur einsam war und mich deshalb da behalten wollte. Anfangs störte mich das nicht; das mit den beiden, das war, als hätte ich meine Freundin gesucht und 'ne Schwester nebst Mutter gefunden. Obendrein mochten sich die beiden, also hatte mein Auftauchen hier wenigstens den Sinn, dass sie sich begegneten. Ich hoffe, das mit ihnen, das hält immer noch an, denn Zora wird nicht jünger, und allein traut Myrna ihren eigenen Künsten ganz sicher nicht. Wie auch immer, ich war ganz gern in dem Schrebergartenhaus am Fluss, nah an dem Ort, wo Lia früher gewesen sein musste, und zugleich durch Zaun und Bäume in einer eigenen, vom Unigelände abgeschirmten Welt.

Es war beinahe eine kleine Idylle, alles in allem echt 'ne gute Zeit. Sicher, je länger ich blieb, um so häufiger musste ich den Gedanken wegdrücken, dass ich Lia hier wohl nicht finden würde. Aber es ging mir gut, selbst, wenn ich sie nicht vergessen konnte, selbst, wenn ich ihr jede Nacht im Traum nachjagte und mit der Zeit sogar Marie in diesen Träumen immer weniger greifbar wurde. Womöglich wäre daraus wirkliches Vergessen geworden, wenn mich nicht eines Tages eine Aufräumaktion der Grünen auf der Szene unsanft auf den Boden meiner Tatsachen zurückgeholt hätte. Zora besorgte einen Anwalt, der mich rausholte, ohne dass es zur Anklage kam. Anscheinend hatten sie auch in Baden-Württemberg inzwischen was von »Eigenbedarf« gehört.

Zwei Tage später packte ich klammheimlich meine Sachen und schrieb je einen Zettel für Zora und für Myrna. Es tat mir leid, einfach abzuhauen, aber, was hätte ich sonst tun sollen? So viel Kohle, dass sie den Anwalt mit links bezahlen konnte, verdiente Zora mit ihren Kunstobjekten vermutlich auch nicht. Nur, ich hätte auf Dauer bestimmt noch mehr Ärger gemacht und Geld hatte ich ja auch keins – also redete ich mir ein, für sie und Myrna wär's Schadens-

begrenzung, eben einfach am besten, wenn ich so schnell wie möglich den Abflug mache.

Doch eigentlich ging's um mich und um Lia, schon wieder, immer noch. Wenn ich schon weiterhin mit meiner illegalen Realität leben musste, dann lieber an dem Ort, wohin vielleicht, eines Tages, unsere Tochter Lia doch noch zur Rückkehr bewegen würde.

Und jetzt, Monate später, ist alles ganz anders gekommen, viel verrückter, als ich es mir je hab träumen lassen. Ich weiß immer noch nicht, was hier wirklich los ist – weder, warum sie damals verschwunden ist, noch, was sie jetzt hier in Koblenz will, wenn sie sich (schon wieder) nicht erinnert. Ich weiß nicht mal, wie ich gestorben bin oder warum ich trotz allem nicht los komm von ihr. Ganz buchstäblich nicht von ihr loskomm, denn inzwischen hat sie mich erneut quer durch die Stadt geschleppt. Und ausgerechnet hierher ... wird Zeit, dass ich mich wieder um sie kümmer, schätz ich.

Mit einer Nadel bloss?

Das Innere des »Samowars«, das mir und den anderen Gästen nun endlich offen stand, war weitaus ansprechender und einfallsreicher gestaltet, als der Name erwarten ließ. Es lag im ersten Stock, und hatte noch eine etwas erhöhte Zwischenebene. Da es zudem mit viel Holz und Säulen ausgestattet war, wirkte es nicht nur anheimelnd, es entstanden auch viele kleine Nischen, private Orte im öffentlichen Raum. Es waren nur wenige Tische besetzt, obwohl Samstagabend war. Ich suchte mir einen Tisch, von dem aus ich den Eingang im Blick hatte, bestellte einen Wein und vertiefte mich in die Karte. Avocado, Lachs und Kaviar gab es hier in allen möglichen Variationen, der Wein war schwer und gewiss nicht billig, das alles passte ... und plötzlich wusste ich, was die ganze Zeit so gar nicht gepasst hatte: Wieso vermutete Martha HIV bei ihm und hatte keine Hinweise auf Hepatitis in seinem Blut gefunden?!

»Weil ich keine Hepatitis hab«, unterbreche ich sie. Ihre Freude darüber, dass ich nicht wirklich verschwunden bin, bringt mich beinahe noch mehr aus dem Konzept als die unmögliche Situation, in der wir uns befinden. Schaudernd erinnere ich mich an mein Erwachen im Krankenhaus vor ein paar Tagen.

»Mit der Stichwunde haben Sie Glück gehabt«, sagte der Arzt, »aber ich habe leider trotzdem schlechte Nachrichten für Sie: Sie sind HIV positiv.« Zuerst wollte ich nur antworten, ich weiß, ich hab meine Freundin und meine Tochter damit angesteckt, als ich plötzlich kapierte, was der Arzt wirklich gesagt hat. Der war verwirrt über das Durcheinander, überprüfte seine Testergebnisse noch einmal, aber es blieb dabei: Ich war HIV positiv, und auf Hepatitis gab es keinen Hinweis.

Im ersten Moment ergab das Ganze keinen Sinn, woher hatten Lia und das Kind dann die Krankheit?

Er wollte etwas dazu sagen, als der Kellner kam, um meine Bestellung aufzunehmen.

»Ich erwarte noch jemanden, einen Oberkommissar Salmbach«, sagte ich entschuldigend.

»Das ist aber mal eine nette Abwechslung für ihn«, versuchte der Kellner sich an einem Kompliment, »ansonsten sehen die meisten seiner Verabredungen schon auf den ersten Blick alles andere als erfreulich aus.«

»Er kommt öfter hierher?«, wollte ich wissen. War das womöglich die Gefahr, die Raffael immer wieder beschwor? Der Kellner beugte sich vertraulich zu mir herab.

»Nun ja, K3, Rauschgift, Sie verstehen«, raunte er mir verschwörerisch zu, während er auffällig-unauffällig die Blumen neben meinem Glas neu arrangierte. Ich fühlte mich wie in einem schlechten Agentenfilm und verneinte.

»Er trifft hier gelegentlich Informanten, Sie wissen schon«, erklärte der Kellner, und fügte rasch, um mögliche Missverständnisse zu vermeiden, hinzu: »Und eben nicht so hübsche, anständige, junge Damen wie Sie es sind.«

»Informanten«, wiederholte ich nachdenklich, ob es das war, ob das der Grund war, weswegen Raffael hatte sterben müssen? Ich wühlte nach dem Foto in meiner Tasche und hielt es dem Kellner hin.

»Haben Sie ihn vielleicht mal mit dem jungen Mann hier gesehen?«

Er warf nur einen kurzen Blick darauf, sein Lächeln gefror einen Augenblick lang zur höflichen Grimasse.

»Natürlich, das ist sein Sohn. Allerdings waren ihre gemeinsamen Besuche so selten wie unangenehm – es wurde meist laut, wenn Sie verstehen, was ich meine«, umschrieb er, »und das letzte Mal, vor drei Tagen, mussten wir die beiden bitten, zu gehen. Es war wirklich peinlich.«

Peinlich! Am liebsten würde ich dem Typen vors Schienbein treten! Klar, das hat der Alte auch öfter gesagt, es sei peinlich, eine Schande, es sei eine Zumutung für einen Oberkommissar des Rauschgiftdezer-

nats einen Junkie zum Sohn zu haben. Als ob das umgekehrt nicht auch gilt – und dann noch ein gefürchtetes Arschloch wie ihn! Das ist mir beim letzten Treffen rausgerutscht, woraufhin der Alte mir sofort eine reingehauen hat. Peinlich, natürlich, danach sind wir hier rausgeflogen, daran erinnere ich mich inzwischen wieder nur zu gut ...

»Kapierst du's endlich? Wir müssen hier weg, bevor er auftaucht. Als ich an dem Abend damit kam, dass *ich* kaum Maries Vater sein konnte, weil nicht ich, sondern er derjenige war, der Gelbsucht – Hepatitis – hatte, ist er ausgerastet. Und nachdem wir hier raus waren, wurde es erst richtig übel ... Mach schon, lass uns verschwinden, worauf wartest du noch?!« Raffael war panisch.

In mir drehte sich alles, ich verstand und verstand doch nicht: Sicher, der Vater-Sohn-Streit, von dem immer wieder die Rede gewesen war, erschien in einem ganz anderen Licht, wenn da der Leiter des K3 mit einem drogenabhängigen Stricher stritt. Aber wie konnte es sein, dass nicht Raffael sondern sein Vater Lia und das Kind infiziert hatte? Und hieß das, sein eigener Vater hatte ihn umgebracht?

»Ich weiß es nicht«, stöhnte Raffael auf, »ich weiß nur, das Letzte, was ich mitbekommen hab, war sein x-ter Tritt, hinter ihm das bescheuerte Reiterdenkmal. Ich dachte noch, Scheiße, wenn der blöde Gaul mich treten würd, das könnt sich auch nicht übler anfühlen. Danach – ich weiß nicht. Aber du, du musst jetzt hier raus, bevor er dich sieht!«

Ja und nein, dachte ich, als ich zur Theke ging, um den Wein zu bezahlen, wenn das stimmte, sollte der Mann nicht so davon kommen. Hatte Hassan nicht gesagt, ich sollte ihn anrufen, wenn etwas ist? Das konnte er haben. Ich ließ mir das Telefon geben, um gleich mit zwei Polizisten zu sprechen.

Der Rest ist Schweigen?

Am Deutschen Eck war es dunkel und ungemütlich. Frühherbstlich anmutender Nebel stieg aus den beiden Flüssen in die Nacht empor, schien sich in meiner Kleidung festsetzen zu wollen wie Raffael in meinem Geist. Ich hatte mir in den Säulen des Denkmalsockels ein Versteck gesucht, von dem aus ich das gedoppelte Ufer im Blick hatte, selbst aber verborgen blieb. Das hoffte ich zumindest, genau wie ich hoffte, Hassan würde als erster hier auftauchen.

»Was ist das überhaupt für eine Geschichte mit der Stichverletzung«, fragte ich Raffael, um mich vom Warten und den beunruhigenden Gedanken in meinem Hinterkopf abzulenken.

»Nichts weiter«, antwortete er leichthin, »ich wollte mit einem Kumpel einen Freier ein bisschen ausnehmen, als der Typ auf einmal die Klinge in der Hand hatte. Ging wahnsinnig schnell, ich hab's kaum gespürt. Aber das hier, glaubst du wirklich, das ist eine gute Idee, da so blind reinzustolpern?«

»Nein, vermutlich nicht«, mir war plötzlich kalt, ich zog meine dünne Jacke enger um meinen Körper, und atmete tief ein. »Also, warum erzählst du's mir nicht einfach?«

Überrascht schwieg er einen Augenblick, und ich hoffte und fürchtete zugleich, er würde meine Frage nicht beantworten wollen. Denn – wollte *ich* das wirklich? Wieso war das Leben außerhalb der Gerichtsmedizin, das Leben mit wessen Erinnerungen auch immer, so schwierig? Ich seufzte in sein Schweigen hinein.

»Was ... was soll ich dir erzählen?«, fragte er schließlich nach.

»Na, alles eben«, wenn, dann richtig, dachte ich grimmig, »und das Wichtigste zuerst – warum willst du einerseits, dass ich mich an Dinge erinnere, die so nicht stimmen, und bestehst andererseits darauf, dass das alles gefährlich ist und ich mich raushalten soll? Was war an dem letzten Abend? Was wolltest du von ihm, von deinem Vater?«

Es fühlte sich an, als würde Raffael tief Luft holen, sie aber aus Angst erstmal festhalten, nicht wieder rauslassen. Dann seufzte er, tief, und nickte schließlich.

»So genau wusste ich das auch nicht. Oder, vielmehr, ich hab's nicht durchdacht, wie immer, aber naja, es schien logisch, das einzig Vernünftige eben«, setzte er an, tastend, erst ängstlich, verzweifelt fast, dann wurde seine Stimme trotzig, »ich wollte einen Deal mit ihm machen.«

»Einen Deal? Was sollte das sein?«

»Ich bin ... ich war HIV-positiv. Und als Junk mit HIV haste selbst hier halbwegs 'ne Chance, ins Methadonprogramm zu kommen. Ich hatte schon dich, ich hatte schon Lia verloren, hatte schon so ziemlich alles versaut, was ich versauen konnte in meinem Leben, also wollte ich wenigstens den Rest mit der Kleinen verbringen ...«, er verstummte.

»Und deshalb hast du dich mit deinem Vater getroffen?«, wollte ich wissen, denn ich verstand nicht, wie das alles zusammenpasste, warum er ihn dafür brauchte.

»Ich weiß, war dumm. Ich hätt wissen müssen, für ihn ist das kein Argument für irgendwas, höchstens noch ein weiteres gegen mich«, er lachte bitter. »Als ob er jemals noch eins mehr gebraucht hätte ... Ich sag ja, ich hab nicht wirklich nachgedacht, ich war stinksauer, nachdem der Arzt es mir gesagt hatte – und ich hatte Angst. Völlig bescheuert. Hat mich nie groß interessiert, was ich mir gerade reinballer, und was passieren könnte, aber auf einmal war's wichtig, wichtig zu leben. Wegen der Kleinen. Und wegen der Hoffnung, der letzten, vagen Hoffnung, wenn du schon nicht zu mir zurück wolltest, vielleicht würdest du die Kleine sehen wollen, irgendwann halt. Schließlich, selbst wenn ich's nicht war, ich euch nicht infiziert hab ...«

»Mir ist egal, wer wen infiziert hat«, versuchte ich, ihn zu unterbrechen. Diese Details konnten kaum nötig sein, um mich auf die Begegnung mit seinem Vater vorzubereiten, oder? Halb rechnete ich damit, er würde wütend, abweisend reagieren, doch es war eher, als würde er mich traurig-seufzend ansehen.

Das war das letzte, was ich wollte – und den Gedanken, dass ich lieber nicht genau wissen wollte, warum das so war, wischte ich innerlich sofort mit aller Macht vom Tisch. Nur, ihn konnte ich damit nicht stoppen.

»Vielleicht ist das so, aber es war mir nicht egal und ihm schon gar nicht«, fuhr er vorsichtig fort, »und ich denke, ich versteh inzwischen auch, warum du das alles lieber nicht sehen willst. Aber ... Lia, du bist hier, wir sind hier und wir warten auf ihn. Ausgerechnet auf ihn. Und er weiß verdammt genau, worum es für ihn geht – alles oder nichts, drunter macht er's nicht. Lia, entweder schaust du hin, was passiert ist, was er getan hat ... und was ich – oder du haust wieder ab. Ich weiß, dass du das kannst, wär nicht das erste Mal, stimmt's?«

Ich konnte nicht leugnen, dass er recht hatte, zumindest, was das »abhauen« an sich anging – ein ganzes Leben vergessen, egal welches, das konnte man wohl »abhauen« nennen. Trotzdem oder gerade deshalb fühlte ich Hitze, eine Energiewelle in mir aufsteigen. Merkwürdig, dachte ich einen Augenblick lang, seitdem sie mich aus dem Fluss gezogen hatten, seitdem ich Ophelia war, war ich nie wütend gewesen, aber er redete weiter, schien mich und meine Verwirrung gar nicht zu beachten.

»Nur, wenn du das tust, tu's gründlich. Tu's, bevor er hier auftaucht. Komm nie wieder hierher. Vergiss das Ganze, vergiss meinetwegen auch mich, das Kind, dich, uns alle. Oder – wenn du wirklich bleiben willst, das hier, mit ihm wirklich durchziehen willst – kapier endlich, dass du niemand anderes als Lia –«

»Halt den Mund«, fuhr ich ihm dazwischen, »hör auf damit, drum herumzureden, dich rauszureden und mir obendrein einreden zu wollen, wer ich bin und was ich am besten tue. Ich bin nicht Lia, ist das so schwer zu verstehen? Ich bin Ophelia, und ich erinnere mich an nichts, an rein gar nichts.«

Plötzlich erstarrt alles – sie, ihr Geist, die Welt um sie herum. Es ist, als ob ich in einem Kristall gefangen, in doppelter Dunkelheit und Klarheit eingesperrt bin: Ihr Körper zittert, scheint die Umgebung kaum mehr wahrzunehmen. Und ihr Geist starrt auf einen einzigen Punkt: unsere erste Begegnung im Leben, damals, auf der Straße, damals, als sie gerade auf der Flucht war vor etwas Unbekanntem, damals, als sie sich gerade zu mir geflüchtet hatte.

»Lia, Ophelia, bitte, wach auf, steh auf, geh hier weg«, ich bettele sie förmlich an, »ich bin nur ein blöder, toter Junkie, ich rede Mist, ich bin Dreck, ich bin das letzte. Du musst mich loswerden, aber dazu musst du aufwachen und aufstehen!«

Nichts geschieht. Sie rührt sich kein Stück. Ihr Geist starrt weiter auf die Bilder von ihr und mir, und dahinter, durch die Bilder hindurch, betritt ein Schatten das Ufer unter dem Denkmal. Mir wird kalt – oder ist sie das, ist das ihr Körper?

»Lia, bitte«, setze ich wieder an, und verstumme sofort. Denn jetzt scheint sie sich in der Erinnerung selbst zu sehen, hier, am Deutschen Eck, und der Schatten, der mein Vater ist, ist auch da – jetzt, da draußen, wie auch dort, damals, in ihrer Erinnerung.

Plötzlich durchzuckte eine Art Stromschlag meinen Körper, gefolgt von einer mächtigen Welle Panik, samt Herzklopfen, nein, Herzrasen, Atem wie Feuer, und schweißnassen Händen. Ich wollte mich umsehen, wollte aufstehen, und bemerkte, mein Körper war wie Stein, eingefroren, eingerostet. Wo war ich ... was war geschehen ... ich fühlte wieder Raffael, meinen toten Begleiter, ... langsam schien sich etwas zusammenzufügen in meinem Bewusstsein, aber ich konnte es nicht greifen, denn ich erschrak erneut, als ich unten auf dem Uferweg einen Mann erblickte: Mitte Fünfzig, durchtrainiert, größer als Raffael, anders, bedrohlich anders als er. Und doch – als er im Schein der Straßenlaterne stehen blieb, war klar, das musste Salmbach senior sein. In dem Augenblick wusste ich es wieder, seinetwegen war ich hier, seinetwegen und wegen des Toten, den sie mir gebracht hatten und der mich seitdem nicht mehr verlassen hatte. Ich hatte eine Aufgabe zu erledigen, ermahnte ich mich, und es gelang mir, mich tatsächlich ein kleines Stück weit aufzurichten.

Mich schauderte – oder zitterte Raffael? Der Mann unten sah

sich suchend um, aber wir waren allein und ich war im Dunkel verborgen. Er fing an, den Platz um das Denkmal herum abzusuchen, verschwand dabei immer wieder aus meinem Gesichtsfeld. Mein Herz klopfte so laut, dass ich befürchtete, er könnte es hören und mich so finden, bevor Hassan eintraf.

»Er spielt ein Spiel«, flüsterte Raffael, und seine Angst war in meinem ganzen Körper zu fühlen, »er liebt es, solche Spiele zu spielen. Und am meisten steht er darauf, dir eine Pseudowahl zu lassen: Prügel und verschwinden oder Knast, oder vielleicht doch lieber irgendwo im Keller –.« Raffaels Stimme brach ab, sein Vater erschien wieder im Laternenschein.

Ich selbst im Dunkel, kauernd, zitternd, und der Alte im Licht, das Licht einer Tür hinter sich, einer Tür, durch die ich nicht kommen werde, nicht, ohne dafür zu bezahlen – wie oft war das passiert, wie oft hatte er ...? Es gelingt nicht, den Gedanken zu Ende zu bringen, denn plötzlich erwischt mich der Flash voll:

Ein Raum im Dunkel, winzig, spärlichst eingerichtet. Eine Matratze am Boden, darauf ich, kaputt, verschwitzt, am Ende. Die Krämpfe kommen wieder, aber da ist nichts mehr, rein gar nichts, was ich noch aus meinem Leib kotzen oder sonstwie physisch nach draußen schleudern kann. Nur noch das Gift selbst, das in meinem Körper, in jeder Faser steckt, aber eben nicht mehr genug, alles andere als genug. Alles in mir schreit nach Stoff. Und nur der Gedanke an sie ist Ablenkung, für Sekunden, aber immerhin.

Die Tür geht auf. Ein weiterer Blitz. Grelles Licht blendet mich. Ich verstehe nicht sofort, frage mich: Ist sie schon zurück? Aber es ist nicht ihre Gestalt, dort im Türrahmen. Er ist es, mein Vater, und er ist stinkwütend: »Hab ich's dir nicht deutlich genug gesagt, dass du verschwinden sollst, und zwar endgültig?«

Der Alte weiß nichts von Lia, nichts vom Entzug, und selbst wenn, es wär ihm egal. Schneller als ich mich aufraffen, etwas tun kann, ist er über mir, hat er mich gepackt. Ich versuche, die Arme zu heben, mich zu ducken, irgendwas, aber es gelingt nicht. Der Schlag erwischt mich voll und alles wird schwarz.

Was war das? Der dunkle Moment hält nicht an, es kommt wieder so ein Blitz. Dasselbe Zimmer, derselbe Abend, doch nicht mehr das Zimmer, so wie Raffael es sieht. Raffael liegt am Boden, zusammengeschlagen, verkrümmt, kaum mehr, wenn überhaupt noch, bei Bewusstsein. Der Mann, der mitten im Raum steht, nur wenig außer Atem nach seinem »Werk«, dreht sich um, zur Tür, denn von dort kommt eine Frauenstimme, meine Stimme, ein Aufschrei, mehr Wut als Angst liegt darin: »Lassen Sie ihn gefälligst in Ruhe!«

Der Mann im Laternenlicht, dort unten am Ufer, drehte sich in meine Richtung. Hatte ich das tatsächlich ausgerufen oder war das nur ein Gaukelbild von Raffael, ein Fetzen Erinnerung? Ich schrak zusammen – es war derselbe Mann wie in den Blitzbildern, der Mann, an den sich Raffael erinnert haben musste, der Mann, an den auch ich – oder war es Lia? – mich erinnerte! Seine Stimme, die plötzlich die Stille durchschnitt, wusch die Bilder fort, und ich war ihm einen Augenblick lang fast dankbar dafür.

»Ich weiß, dass Sie da sind. Schickt er sie vor? Das wäre typisch für meinen Herrn Sohn. Sie sind eine Frau. Raffael schickt gerne Frauen vor – ganz früher, als sie noch lebte, seine Mutter, dann seine Schwester und schließlich seine Freundin«, rief er laut. Er hielt einen Moment inne, wartete auf Antwort und starrte dabei genau in meine Richtung.

Ich verkroch mich tiefer in das Dunkel um mich herum. Aber das Dunkel war bedrohlich, und bedrohlich war auch der Moment des Schweigens. Denn die dunkle Stille füllte sich mit Bildern aus meinem Inneren: Bilder aus dem winzigen Zimmer, Bilder der Frau mit meiner Stimme, die das Zimmer betritt, wütend auf den Mann, auf Raffaels Vater zugeht. Sie will ihn aufhalten, und doch wusste ich, es wird ihr nicht gelingen, es kann ihr nicht gelingen. Wieder unterbrach seine Stimme, die vom Uferweg zu mir herauf donnerte, den Bilderstrom in meinem Kopf.

»Was ich nicht verstehe – zuerst hieß es, es ginge um einen toten Fixer, angespült bei Bonn. Aber wenn das stimmt, wieso sind wir dann hier? Er ist untergegangen wie ein Stein, abgesoffen wie die Ratte, die er war ... Habe ich mich da etwa getäuscht? Ist das Miststück doch zäher als ich dachte? Lia hätte ich das zugetraut, sie war zwar meschugge, aber ebenso zäh wie schlagfertig, eine kleine Tigerin, eine Teufelin im Kampf wie im Bett. Nicht so ein Schlappschwanz wie er.«

Er fing wieder an rumzulaufen, doch dank seiner dröhnenden Stimme wusste ich, wo er war: Er kam mir immer näher!

Die Frau in meinem Kopf steht inzwischen vor ihm. Er dreht sich um, packt sie, droht ihr. Die Frau mit meiner Stimme schreit den Mann in meinem Kopf an, den selben Mann, der sich mir im Hier und Jetzt näherte, immer weiter näherte. Ich musste die Bilder loswerden, am liebsten hätte ich laut geschrien, aber das durfte ich unter keinen Umständen tun. Mit aller Kraft versuchte ich, erst meine Arme und dann meine Beine zu bewegen. Es war, als ob ich in einer Rüstung aus Blei steckte, die Glieder so schwer oder mein Geist so weit von ihnen entfernt, dass die Verbindung zwischen ihnen verloren war, aber schließlich gelang es mir. Tief gebückt und vorsichtig bemüht, kein noch so leises Geräusch von mir zu geben, kletterte ich die Stufen Richtung Uferweg hinunter. Ich wollte weg aus dieser Falle, runter ins Gebüsch, runter an den Fluss meinetwegen, egal wohin – weg, nur weg von dieser bösen, hämischen Stimme da draußen! Und weg von den Bildern, die noch immer irgendwo im Hinterkopf lauerten.

»Hat er Ihnen erzählt, was er von mir wollte? Ich sollte zulassen, ganz offiziell, dass die aidsverseuchte Ratte hier ins Methadonprogramm geht. Ich sollte mich zum Gespött meiner Kollegen machen, damit er in der Nähe des Kindes sein kann, das nicht mal seins ist.«

Seine Stimme überschlug sich fast, war für den Augenblick kaum zu orten.

Kurz erschienen seine Beine über mir, ich konnte mich gerade noch hinter einen steinernen Vorsprung ducken.

»Er hat nie gewusst, wann er besser seine Klappe hält. Lia wusste sowas, jedenfalls besser als er. Sonst hätte er viel schneller kapiert, dass die Kleine seine Schwester ist und nicht seine Tochter. Lia hätte ihm nur zu sagen brauchen, warum ich das saubere Paar dann doch hier geduldet habe, aber den Mut hatte selbst sie nicht«, setzte er hinzu.

»Lia hat Raffael geliebt«, ohne dass ich es wollte, kam dieser Satz aus meinem Mund, durchschnitt meine Stimme ganz real im Hier und Jetzt die kalte Luft am Ufer. Und schneller, als ich reagieren konnte, kamen die Schritte näher. Ich stand zitternd auf, sollte er mich doch sehen, das war jetzt gleichgültig. Das war immer noch besser als das beängstigende Versteckspiel, besser als seine Marionette zu sein, gezogen von den Fäden der Angst zwischen dunkler Vergangenheit und bösem Spiel im Jetzt zu zittern.

Die Schritte aus dem Denkmalsinneren über mir stoppten abrupt, und ich hörte Hassan, der meinen Namen von dort rief. Im selben Augenblick schrie Salmbach auf der anderen Seite der Treppe auf: »Lia – das kann doch nicht sein!«

Er musste glauben, einen Geist zu sehen. Erbleicht – oder kam das vom fahlen Laternenlicht? – wich er rückwärts die Treppe hinunter, als ich mich ihm zuwandte. Ich ging langsam auf ihn zu, ich konnte nicht anders.

»Aber du – du bist tot«, stammelte er, weiter zurückweichend. Dann schaltete er erneut auf Wut: »Und du selbst hast mich so weit gebracht! Warum hast du mir gedroht? Warum wolltest du alles kaputt machen? Das konnte ich nicht zulassen, so verrückt, das nicht zu verstehen, kannst selbst du nicht sein!«

Mit jedem mir entgegen geschleuderten Satz, jeder verfluchten Phrase aus seinem verhassten Mund kam ein neues Bild hoch, sah ich mehr von dem, was sich vor langer Zeit in einem kleinen, schäbigen Zimmer abgespielt hatte: Er versetzt seinem Sohn am Boden noch einen letzten Tritt. Raffael rührt sich nicht mehr. Die Frau – ich oder Lia? – fällt dem Mann in den Arm. – Er packt sie, hält sie fest, mustert sie, aus der Wutfratze seines Gesichtes wird eine Maske aus böser Geilheit. – Er über Lia auf dem Bett, sie wehrt sich, aber er ist stärker. – Er zieht sich wieder an, sie zieht die Decke über sich. »Bleib nur hier, bleibt beide nur hier, so ist das schon in Ordnung«, sagt er, im Gehen. Die Frau hört die Drohung in den Worten, und etwas in ihr drin zerbricht. Oder fügt sich, im Gegenteil, etwas in ihr zusammen? Sie weiß, sie wird bleiben, koste es, was es wolle. Zu fliehen hieße der Gewalt mehr Macht als der Liebe zu geben und die Angst über die Hoffnung siegen zu lassen. Das darf nicht sein. Nicht schon wieder. Sie wischt den Gedanken weg, steht auf, geht zu Raffael, hockt sich neben ihn und beobachtet ihn stumm, regungslos. – Schließlich Lia – oder bin ich es? –, die eine Weile später Raffael auf dem Bett fest umklammert hält, beide zittern oder weinen sie?

Ich schüttelte den Kopf, setzte fast gewaltsam einen Fuß vor den anderen, kämpfte mich damit durch die Bilder, durch die Erinnerungen einer toten Frau zurück ins Leben. Starrte ihn an, ihn, den Mann, der Lia und seinem Sohn das angetan hatte. Hielt mich an seinem Bild und der kalten Wut in meinem Bauch fest, um in der Gegenwart zu bleiben, um nicht wieder in eine unbekannte, vergangene Dimension geschleudert zu werden. Statt dessen warf ich ihn wohl aus der allzu festen Bahn seines Denkens, denn er starrte mich an, als sei ich kein Mensch aus Fleisch und Blut, sondern eine Erscheinung, ein Racheengel gar.

Schließlich stand ich vor ihm. Er war nur noch wenige Meter entfernt, hatte hinter sich nur noch ein Stück Treppe, darunter den Fluss. Ich war ihm wohl zu nah gekommen, denn plötzlich zog er seine Dienstwaffe.

»Waffe fallen lassen und stehen bleiben, Polizei!«, brüllte Hassan von oben, aber Salmbach senior interessierte das nicht, er starrte weiter nur gebannt auf mich.

»Ach, und jetzt denkst du, nachdem du erst mich und dann deinen Sohn umgebracht hast, könntest du entkommen? Indem du auf einen Geist schießt?«, höhnte ich und machte einen weiteren Schritt in seine Richtung. Eine Welle aus Wut erfasste mich, und schwemmte die Angst samt den beängstigenden Bildern weg.

Da passierte es: Salmbach wollte abdrücken und machte einen Schritt zurück. Dabei verfehlte er die Treppe und strauchelte. Zwei Schüsse krachten – der zweite musste von Hassan gekommen sein. Salmbach versuchte noch, seinen Sturz abzufangen, aber es gelang ihm nicht. Am Fuß der Stufen fiel er schließlich taumelnd nach unten, ins dunkle, rauschende Wasser.

Ich wollte das nicht sehen, wollte mich abwenden, mich zu Hassan umdrehen. Schwindel erfasste mich statt dessen, und es wurde dunkel.

Ophelias Alptraum

Metallisches Mondlicht, nebelverhangen und mit dem Ablicht der schlafenden Stadt vermischt. Stadtgerüche schwach unter dem Atem der Flussmündung, mehr zu ahnen als zu riechen. Das Denkmal, ein drohendes Schattengewirr. Kälte, feuchte Kälte, die in die Kleider kriecht, aber das Zittern hat damit nichts zu tun. Ein Schatten nähert sich, der Schatten eines Mannes, seines Vaters. Das Zittern wird stärker. Der Körper verkrampft, jeder Muskel mehr als bereit, jede Sehne zum Zerreißen gespannt. Wut und Angst verknotet, verknäuelt, untrennbar verbunden wie der Zusammenfluss der beiden schwarzen Flüsse unter mir.

Ein Wirbeln, das Gefühl von Fledermausflattern, und er steht vor mir, wie ein gewaltiger Schatten, groß, drohend, übermächtig. Ich nehme die Wut, will sie ihm entgegen schleudern und damit gleichzeitig meine Angst endlich abwerfen. Er hat kein Recht – kein Recht auf mich, meinen Körper, kein Recht an dem Kind, an seiner Tochter, die seine Enkelin sein müsste, kein Recht auch an seinem Sohn.

Er soll uns in Ruhe lassen, soll aus meinem, aus unserem Leben verschwinden. Oder uns gehen lassen. Uns wenigstens keine Steine mehr in den Weg legen.

Statt einer Antwort lacht er laut auf. »Willst du es ihm sagen? Ihm mit der Wahrheit und nichts als der Wahrheit einen ›heilsamen Schock‹ versetzen?«, höhnt er. »Das rettet weder ihn, noch dich, noch das Kind!«

»Doch, das Schweigen zu brechen wird uns vor dir retten!«, erwidere ich wütend und bin doch schon frustriert. Es wird nicht gehen, zu tief ist sein Hass auf seinen Sohn, zu tief meine Angst um ihn, um Raffael. Ich will weg gehen, ihn einfach stehen lassen. Es war dumm, herzukommen, man kann nicht mit ihm reden, Raffael hat recht, er ist ein Psychopath. Hätte ich ihm nur sagen können, gleich sagen können, von Anfang an, wie sehr er damit recht hat, denke ich noch, als Salmbach mir hinterherbrüllt:

»Das kannst du nicht tun!«

Ich bin schon unten am Ufer, versuche, nicht zu rennen. Auch das ist dumm, der Stolz hindert die Angst, die Glieder zu beschleunigen, hält die Sinne davon ab, einen Ausweg, ein Versteck zu finden. So holt er mich ein und packt mich. Ein ungleicher Kampf. Ich kann mich nicht befreien, genauso wenig, wie die beiden Flüsse unter uns verhindern können, dass sie zusammenstoßen.

Wieder ein Wirbeln, ein Flattern, aber das Flattern ist real, es sind meine Kleider, und ich stürze, stürze in die beiden Flüsse, und der Sturz scheint endlos. Ein greller Aufschrei, mein Schrei, fallend, entgleitend: »Raffael, wo bist du?«

Dann nur noch Schwärze.

Ich schlug die Augen auf, und sah ihn, sah Raffael, den Toten, den Geliebten, den Geist. Raffael, der sich über mich beugte und mich festhielt. Raffael, der weinte.

»Ich wusste es nicht, glaub mir, ich wusste es nicht«, trotz seines Schluchzens verstand ich jedes Wort, »wenn du etwas gesagt hättest – wenn ich nur früher darauf gekommen wäre ... ich hätte es wissen müssen, gerade bei ihm hätte ich es wissen müssen. Es tut mir so leid.«

Es tat gut, von ihm gehalten zu werden. Es musste trotz allem schön, geradezu wunderbar gewesen sein, Lia zu sein, mit ihm. Ich hätte den Rest meines Lebens in seinen Armen verbringen können, nur, dass mir in diesem Augenblick bewusst wurde, das konnte, durfte nicht sein. Er konnte mich nicht mehr festhalten, er war tot, ein Geist, zwar bei mir, ganz sicher bei mir, aber niemand, den man halten, in seinen Armen halten konnte.

Ich schlug die Augen auf, zum zweiten Mal, und diesmal sah ich die Wirklichkeit um mich herum. Blendendes Neonlicht an der Decke, ich lag auf dem Rücken, auf etwas Hartem, Festem.

Vorsichtig bewegte ich den Kopf: Metallene Wände, Regale, gefüllt mit abgepackten Medikamenten, mit Schläuchen, mit Plastik, mit Menschenwerk zur Lebensrettung – ich war also noch immer am Leben, fuhr es mir in den Sinn. Und ich wusste nicht, was ich davon halten, ob ich darüber glücklich oder verzweifelt sein sollte. Dann hörte ich Hassans Stimme: »Sie wacht auf!«

Jetzt konnte ich ihn sehen: Gehüllt in eine Decke lag ich auf der Trage eines Krankenwagens. Hassan saß neben mir. Ein paar Schritte entfernt hantierte ein Sanitäter mit irgendeinem Kabel an einem Monitor. Ich setzte mich auf, trotz ihres gemeinschaftlichen Protestes.

»Was ist geschehen?«, wollte ich wissen, und meine Stimme klang im ersten Augenblick fremd.

»Du bist auf ihn zu – er hat wirres Zeug geredet, als würde er dich kennen, als sei er derjenige der dich damals –. Es war praktisch ein Geständnis – jedenfalls, was seinen Sohn angeht, denn dein Toter, das ist doch sein Sohn, oder?«, setzte Hassan an, und die nach Ordnung suchenden Gedanken des Polizisten verhedderten sich in den besorgten Gefühlen des Privatmenschen.

»Dann hat er geschossen, ist gestürzt, in den Fluss, die Taucher suchen noch nach ihm«, sprach mein Freund, der Kommissar, weiter, und seiner Kopfbewegung folgend erkannte ich die Lichter der Polizeischiffe auf dem Fluss unterhalb des Ufers. »Du bist umgekippt, ganz plötzlich. Zuerst dachte ich, er hat dich getroffen, dich verletzt, aber das war es nicht. Allah sei dank, das war es nicht! Aber was ist passiert, Ophelia? Hast du dich erinnert, war es das?«

»Ich bin mir nicht sicher«, sagte ich zögernd, und auf einmal fühlte ich mich sehr müde. Mein Gesicht wurde nass. Hassan reichte mir sein Taschentuch, legte mir vorsichtig den Arm mehr auf als um die Schulter. Der Sanitäter stand betreten daneben. Ich weinte offenbar, oder wenigstens meine Augen taten es.

»Ich weiß es nicht«, wiederholte ich, und versuchte vergebens, die Tränen aufzuhalten. Hassan schien das zu erschrecken, er wollte mich beruhigen:

»Was immer er dir angetan hat – dir antun wollte, es ist alles vorbei, es liegt hinter dir, du kannst es vergessen.«

Ich schüttelte den Kopf.

»Bring mich nach Hause«, bat ich ihn.

Hamlet und Ophelia

Drei Tage später war ich wieder in Koblenz – ich hatte mir freigenommen, zum ersten Mal, die Geschichte des toten Salmbach senior wollte ich wahrlich nicht noch einmal hören. Es war so schon mehr als verwirrend, und bedrohlich obendrein. Wer weiß, was er im Tod erkannt hatte? Wer weiß, was er, als Toter, den dann nur ich allein hören würde, mir antun könnte? Er musste doch genau wie ich begriffen haben, dass ich zwar Lia gewesen sein mag, jetzt aber Ophelia bin ... oder konnte er das nicht sehen? Konnte er, wie Raffael, nur die eine Seite, die Vergangenheit sehen, während Martha und Hassan ausschließlich die andere, die Gegenwart, kannten? Mir tat der Kopf weh, wenn ich bloß versuchte, darüber nachzudenken, dass ich beide – beide Frauen – war, dass das alles mit mir zu tun haben sollte. Also vermied ich jeden Gedanken in diese Richtung, so gut ich es konnte.

An den Sonntag hatte ich keine Erinnerung. Selbst Montag war ich im Bett geblieben, ich war noch immer unendlich müde und Hassan sehr dankbar, dass er Martha mitteilte, ich müsse ein, zwei Tage ausruhen. Zuerst hatte ich Angst gehabt, jetzt, nachdem ich wusste, ich war Lia gewesen, würde ich womöglich Alpträume von ihr erben. Doch ich schlief tief, tiefer wohl, als Träume und Erinnerungsbilder reichen. Nur wenn ich wach war, musste ich aufpassen, denn auch, wenn ich sie gewesen war, ich war doch jetzt Ophelia.

Mag sein, das klingt verrückt, aber die Situation war es ja auch: Ich fühlte mich wie eines dieser Bilder, die zwei in einem sind. Vexierbilder, bei denen man jedoch stets nur eines – die Frau oder den Baum, die alte Frau oder die junge Frau, Freud samt Nase oder die nackte Dame, usw. – wirklich sehen kann. Beides zugleich sehen zu wollen, hieß Verstand wie Sinne zu überfordern. Beide Frauen auf einmal sein zu wollen, hieß in einen inneren Strudel aus Ich-Nicht-Ich zu geraten und erschöpft wieder im Tiefschlaf zu versinken. Sonntag und Montag verschwammen ineinander, wurden ein einziger, sehr unwirklicher Tag für mich. Oder war lediglich ich in diesen Stunden eine sehr unwirkliche Frau?

Dienstag kam Hassan in seiner Mittagspause vorbei, um nach mir zu sehen, wie er sagte, was rein privat sei, wie er betonte. Denn, so fügte er seufzend, fast bedauernd hinzu, irgendwann in den nächsten Tagen müssten wir dienstlich reden. Ich nickte, soviel verstand ich selbst nach fast einem Jahr Gerichtsmedizin von polizeilichen Ermittlungen. So viel war mir als Frau ohne Erinnerung, die sich plötzlich mit ihrem Leben »davor« konfrontiert sah, durchaus klar.

Nur wusste ich nicht, noch nicht, wie das gehen sollte. Gewiss, ich könnte ihm von Lia berichten, könnte von ihr, von Raffael, selbst von Salmbach senior erzählen. Aber ich könnte nicht so tun, als hätte ich selbst all das tatsächlich erlebt, als sei ich selbst wirklich Lia gewesen. Hassan wollte mich beruhigen, versicherte mir, dass es nun eine Vergangenheit für mich gäbe, meine Vergangenheit eben, änderte für ihn rein gar nichts. Schließlich hatte er doch immer gehofft, dass ich diese eines Tages wiederfinden würde.

»Nur nicht so«, seufzte ich, und er nickte überrascht, bevor er hastig fortfuhr. Er versicherte mir, er würde mir, als Freund wie als Staatsdiener, helfen bei dem, was an Papierkram und an Amtsgeschäften jetzt auf mich zukommen mochte.

Daran hatte ich noch gar nicht gedacht. Zu sehr war mein Leben erschüttert, und zu deutlich war, dass das auch seines berührt hatte. Ich war nicht mehr das rätselhafte, hilfsbedürftige Wesen, das man aus dem Fluss gezogen hatte und dem er ins neue Leben geholfen hatte. Wer immer ich war, ich war die Frau eines anderen gewesen, und hatte, sogar ohne Erinnerung und ohne Hilfe von außen, das Geheimnis eines Toten wie auch einer Verschwundenen gelöst. Und Hassan wusste offensichtlich nicht, was damit anfangen, so sehr er sich auch bemühte, seine Verunsicherung vor mir zu verbergen.

»Für mich bist du immer noch Ophelia«, sagte er kopfschüttelnd, und ich musste lachte. Denn wer sollte ich sonst sein? Er lachte mit, doch sein Blick war dunkel, fast gequält. Peinlich berührt schien er zu sein – bis er plötzlich in seiner Jackentasche wühlte und einen Brief hervorzog. Geradezu erleichtert wirkte er, etwas tun zu können, und sei es nur, mir Regines Schreiben zu übergeben.

Sie hatte die Ankündigung von Raffaels Trauerfeier zu ihm aufs Revier geschickt. Schließlich war er es gewesen, der ihr die Nachricht von seinem Tod wie von dem ihres Vaters überbrachte; schließlich hatte ich ihr keine Adresse hinterlassen bei meinem überstürzten Aufbruch. Ich wusste erst nicht, was damit anfangen. Hassan sah meine Unsicherheit und wollte den Brief lesen. Ich gab ihn ihm und traute mich kaum, ihn beim Lesen anzuschauen. Es schien unfair, ihn noch weiter in meine doppelbödige Vergangenheit hineinzuziehen.

»Du darfst nicht so tun, als sei nichts gewesen«, sagte er schließlich, als er zu Ende gelesen hatte, »und das weißt du auch.«

Zögernd nahm ich den Brief wieder an mich. Kurz hielt er meine Hand fest, drückte sie, dann ließ er mich traurig lächelnd los. Er hatte recht. Ohne Regine, ohne sie alle noch einmal gesehen zu haben, ohne die ganze Geschichte abzuschließen, könnte ich nicht weitermachen. Vielleicht würde mir das helfen zu entscheiden, ob ich nun Ophelia, Lia oder vielleicht eine ganz andere, eine dritte Frau war?

Hassan bot mir sogar an, mit zur Beerdigung nach Koblenz zu kommen. Doch das musste ich alleine tun. Als nächstes wäre es dann an mir, ihm meine Freundschaft zu beweisen oder wenigstens zu zeigen, dachte ich, als er ging, und wusste doch, obwohl mein Freund Hassan es niemals zugeben würde, dem Mann Hassan würde das nicht reichen.

Dankbar nahm ich die schlichte, schwarze Kleidung an, die Martha mir am Abend brachte. Vielleicht würde ich eines Tages auch ihr Angebot, mit ihr zu reden, annehmen können. Das hoffte ich jedenfalls, denn ohne sie wäre ich nie so weit gekommen. Ohne sie, wer weiß, ob ich nicht noch immer in der Klinik wäre, ein Kuriosum, erforscht von Professoren, bestaunt von Studenten und angegafft von Besuchern und Mitpatienten. Eben eine Frau ohne Gedächtnis, die nicht mal dazu gekommen wäre, die Toten zu hören. Mit ihren Toten hatte Martha mir den Weg ins Leben ermöglicht, und ich wünschte mir, was immer jetzt, was immer danach käme, wir könnten noch ein gutes Stück zusammengehen. Martha lächelte, als ich ihr das sagte, und da wusste ich, gemeinsam mit ihr würde es vielleicht sogar gelingen, mein drittes Leben anzufangen.

»Mach dir mal keine Sorgen über mich oder Hassan«, sagte sie zum Abschied, »wir beide sind Rätsel wie Überraschungen gewohnt. Hassan fängt sich schon wieder, unterschätz ihn nicht. Und ich werde bei den Toten auf dich warten, egal, ob du zurückkommen oder mich nur besuchen willst. Schließlich, ich bin gespannt auf das, was die von den Toten auferstandene Ophelia mir zu erzählen haben wird, wann immer sie dazu bereit ist. Und selbst, wenn der Tag nie kommt – du hast immer noch deine Tasse im Institut, die wartet auf dich, genau wie ich.«

Jetzt, am dritten Tag, an einem spätsommerlichen Mittwoch, fuhr ich also erneut nach Koblenz. Ich nahm ein Taxi direkt vom Hauptbahnhof zu dem kleinen Friedhof etwas außerhalb der Stadt. Der Zug hatte wenige Minuten Verspätung, doch das war es nicht, nicht wirklich. Wenn ich mich beeilt hätte, hätte ich sicher noch den kleinen Vorortzug nach Lützel erwischt. Aber so wollte ich nicht noch einmal die Stadt durchqueren, dem Pfad meiner letzten Spurensuche folgen.

Ich konnte nicht einmal sagen, ob es Angst war, die mich davon abhielt, und wenn ja, Angst wovor. In mir war es grau, als hätten sich die schwarze und die weiße Seite des Vexierbildes meines Wesens zur Gänze vermischt und verwischt. Alle Konturen schienen verschwunden; die Gefühle waren bis auf ein eigenartiges Zittern tief drinnen nicht mehr greifbar. Müdigkeit konnte es nach fast drei Tagen im Bett kaum mehr sein, körperliche Schwäche wäre mir nur als weitere Ausrede erschienen, also nahm ich an, es sei eine Mischung aus Angst und Trauer. Nichts war wie vorher und doch ...

Ich war froh, dass die Taxifahrerin meinen Wunsch zu schweigen respektierte. Nur einmal während der ganzen Fahrt sprach ich – ich bat sie, kurz bei einem Zeitschriftenladen anzuhalten.

Wenige Minuten später erreichten wir den kleinen Friedhof. Inzwischen war ich tatsächlich spät dran, die Trauerfeier in der schlichten Kapelle hatte bereits begonnen. Draußen, unter hohen Platanen wartend, hörte ich das Orgelspiel, das sich mit dem Rauschen der Blätter zu einer ganz eigenen, wehmütigen Melodie verband. Ich nahm das Päckchen Tabak aus meiner Tasche, entfernte die Zellophanhülle und kramte nach den Blättchen, die ich in meiner Eile beinahe in dem Zeitschriftengeschäft hatte liegen lassen. Dann sah ich nur mäßig erstaunt, wie meine Finger ohne jede Schwierigkeit eine Zigarette drehten. Ich steckte sie an – drinnen hatte das Orgelspiel vorübergehend aufgehört, wahrscheinlich sprachen sie jetzt über ihn, über Raffael – und es fühlte sich an, als hätte meine Lungen seit über einem Jahr auf den Rauch gewartet. Das Zittern in meinem Körper beruhigte sich ein wenig, das Grau wurde blasser, friedlicher.

Dennoch schrak ich zusammen, als sich die dem Friedhof zugewandte Tür der Kapelle öffnete, um den kleinen Trauerzug nach draußen zu entlassen. Unwillkürlich machte ich einen Schritt zurück in den Schatten der Bäume. Regine nickte mir traurig lächelnd zu, als sie mit ihrem Mann an mir vorbei ging. Marie, die zwischen den beiden lief, wand eine kleine Hand aus der ihres Onkels und winkte mir verstohlen zu. Ich winkte zurück, vorsichtig.

In einigem Abstand folgte ich ihnen, bis der Zug an einem frisch ausgehobenen Grab am Hang stoppte. Von hier aus konnte man den Fluss zumindest erahnen, dachte ich, und fand das passend. Der Sarg wurde hinabgelassen, der Pastor begann mit seiner Ansprache.

Ich hörte davon kein einziges Wort, obwohl ich so weit entfernt nun auch wieder nicht stand. Es schien alles so unwirklich, nichts davon passte zu Raffael oder zu dem, was ich mehr ahnte als fühlte oder gar wusste. Trauer, richtige Trauer bedeutet Abschiednehmen, kam mir in den Sinn, aber verabschieden kann man sich nur von etwas, das man wirklich kannte. Und was kannte ich schon? Wie hätte ich das unbestimmte Grau meines Herzens loslassen, mich davon verabschieden können?

Marie, deren roter Haarschopf der Farbklecks in der kleinen Trauergemeinde war, musste sich zum X-ten Mal zu mir umgedreht haben, als ich es endlich schaffte, meine Aufmerksamkeit wieder auf meine Umgebung zu richten. Marie schien dies zu bemerken, sie lächelte, und als Regine mit ihr an das offene Grab treten wollte, machte sie sich los und lief zu mir.

»Komm«, forderte sie mich auf, und streckte mir ihre Kinderhand entgegen, damit ich mit zu den anderen kam. Und als wir beide schließlich dort standen und ich nach unten auf den Sarg blickte, legte sie mir ihre freie Hand auf den Leib. »Tschüss Appael«, sagte sie dabei, dann blickte sie mir ins Gesicht, »wiedersehn Lia.«

Marcel war derweil unbemerkt zu uns beiden getreten. Er nahm Maries Hand.

»Komm, wir gehn nach Hause«, ermunterte er das Kind, während er mir halb verunsichert, halb entschuldigend zunickte. Ich konnte sie so nicht gehen lassen, beugte mich runter zu ihr und umarmte sie.

»Auf Wiedersehn, Marie«, murmelte ich, »sei mir nicht böse, bitte. Ich hoffe, eines Tages kann Lia zu dir zurückkommen.«

Sie sah mich an, als verstünde sie jedes Wort, nickte sogar bedächtig mit dem Kopf. Dann hauchte sie mir einen winzigen Kuss aufs Ohr und lächelte mich noch einmal an, bevor sie schließlich mit Marcel ging. Der Tänzer blickte auffordernd zum Pastor, der nicht begriff, was hier geschah. Kein Wunder – er konnte mich wohl nicht einordnen. Zu offensichtlich war, dass ich weder zur Gruppe aus Regine und ihren Nachbarn, Freunden vielleicht gehörte, noch Teil der Menschen war, die mit Raffael das Leben auf der Szene geteilt haben mussten und sich abseits von den anderen hielten. Auch hier, auch auf diesem Friedhof gehörte ich nirgendwo hin, und der Gedanke machte mich traurig.

Die kleine Trauergemeinde begann, sich aufzulösen. Manche, wie der Junge mit dem Zahnlückengrinsen – wieso hatte ich plötzlich das Wort oder den Namen Krätze im Kopf? –, den ich im Hintergrund auszumachen meinte, oder Hedwig, schauten fragend zu mir. Aber vielleicht war es auch Regine, die Schwester, die als einzige mit mir am Grab zurück blieb, zu der sie den Blickkontakt suchten?

Nachdem alle anderen gegangen waren, standen wir einander unsicher gegenüber. Erst wollte sie mir die Hand reichen, dann umarmte sie mich doch lieber.

»Der Polizist, er hat versucht, mir das Ganze zu erklären«, sagte sie, »aber ich habe es nicht wirklich verstanden.«

Ich wusste nicht, was darauf antworten. Schließlich verstand ich das alles ja selbst noch nicht so recht.

»Trotzdem – ich wollte dir, wollte Ihnen danken, auch, wenn das vielleicht merkwürdig klingt. Und wenn ...«, sie sah mich an, als suchte sie die passende Worte in meinem Gesicht, »wenn es Ihnen wieder ... besser geht, besuchen Sie uns, ja? Ich würde gerne mit Ihnen in Kontakt bleiben. Wir können uns auch alleine treffen, wenn es Ihnen lieber ist – wegen Marie, meine ich.«

Ich nickte stumm und versuchte zu lächeln. Irgend etwas musste ich ihr doch sagen, ich konnte nicht einfach nur hier rumstehen und schweigen.

»Es ... es tut mir Leid, dass ich Sie – dass ich dich angelogen habe«, sagte ich hastig.

»Dafür haben Sie die Wahrheit über meinen Bruder gefunden«, antwortete sie, diesmal selbst lächelnd, bevor ihr Blick wieder ernst wurde.

»Das ... das mit Ihrem Vater«, setzte ich an, denn ich nahm an, dass auch die Wahrheit über ihn, den Mörder, alles andere als einfach für sie war. Sie winkte seufzend ab.

»Über ihn will ich nicht reden, nicht jetzt, nicht so. Irgendwann werde ich über ihn nachdenken müssen, ganz sicher, und auch darüber, wieso ich nicht sehen konnte, wer er war und was er getan hat –.« Sie verstummte errneut, ballte die Fäuste, als wollte sie so die Gefühle festhalten und zugleich ganz tief zurückdrängen.

»Wenn ich jetzt an ihn denke, könnte ich einfach nur noch laut schreien«, sagte sie dann noch, »und, trotz allem: Ich bin Ihnen dankbar. Jemand musste die Wahrheit finden. Es tut mir nur leid, dass ausgerechnet du – Sie – es sein mussten. Und ich wünsche Ihnen, nein: Ich wünsche dir, dass du zu deiner eigenen Wahrheit auch findest und sie mehr sein wird als nur Schmerz und Trauer.«

Dann ging sie, eilig, und ich blieb allein zurück. Der Pfarrer war inzwischen ebenfalls verschwunden, also näherte ich mich noch einmal alleine dem Grab.

»Auf Wiedersehen, Raffael. Es tut mir leid, dass ich nicht mehr Lia bin. Ich weiß nicht, wer ich wirklich war oder wer ich jetzt bin, aber ich denke, nein, ich weiß, du hast mich geliebt, ohne zu fragen, wer ich war oder bin, und dafür ... dafür danke ich dir«, sagte ich zum Abschied und wandte mich zum Gehen.

Da hörte ich es wieder, sein heiseres Totenlachen, und protestierte: »Deine Reise ist zu Ende, deine Geschichte gehört worden, was willst du noch von mir?«

Er lachte wieder, dabei eilte ich bereits auf das Tor des Kirchhofs zu: »Aber deine noch nicht, und wenn ich's schon im Leben nicht geschafft hab, dann bei dir zu sein, wenn du mich gebraucht hast, werd ich den Fehler jetzt ganz sicher nicht wiederholen!«

Ich schüttelte den Kopf, wollte etwas entgegnen, aber in seinem Lachen war soviel Wärme, soviel Eigensinn und auch Liebe. Man sagt, die Toten leben in unserer Erinnerung. Und man sagt auch, wir sind unsere Erinnerungen. Bei uns beiden lagen die Dinge zwar etwas anders, aber es passte. Wir gehörten einfach zusammen, wie die beiden Flüsse, an denen wir uns zweimal verloren und zweimal gefunden hatten.

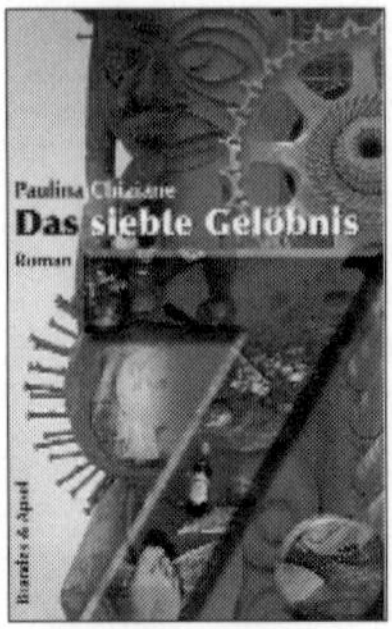

Paulina Chiziane

Das siebte Gelöbnis

Roman

240 S., geb., ISBN 3-86099-500-6

Paulina Chiziane ist ». . . eine Zauberin des Wortes und seit Jahren Mosambiks erfolgreichste Erzählerin.« *(Neue Zürcher Zeitung)*
»In einer kraftvollen Stimme und eindringlichen Bildern zeichnet sie ein Panorama der kulturellen Orientierungslosigkeit.« *(Der Standard, Wien)*

F. Deppert/C. Döring/H. F. Juritz (Hrsg.)

Das Klirren im Innern

Literarischer März 13/2003
248 S., Pb., ISBN 3-86099-499-9

Der Literarische März, **»der bedeutendste deutsche Lyrikwettbewerb«** *(FAZ)*, bietet einen repräsentativen Einblick in die junge Lyrik unserer Zeit. Mit den Gedichten der Leonce-und-Lena-PreisträgerInnen 2003, der Wolfgang-Weyrauch-Förderpreisträger u. a. m.

Sigfrid Gauch

Vaterspuren

144 S., 2. Aufl., Frz. Br., ISBN 3-86099-450-6

Durchzogen ist die Erzählung vom Widerspruch, den Vater lieben zu wollen und in ihm zugleich einen Mann zu sehen, der vom Hauptankläger im Eichmann-Prozess als ein geistiger Urheber der Judenvernichtung genannt wurde.
»... mit einer Direktheit und radikalen Offenheit sondergleichen...« *(FAZ)*

Josef Zierden (Hrsg.)

Literarischer Reiseführer Rheinland-Pfalz

552 S., Frz. Br., ISBN 3-86099-483-2

Anregende Lesereisen durch das Land der Burgen und Berge, der Reben und Flüsse. Reich illustriert. Detaillierte Register. Praktische Tipps für unterwegs. **Mit CD-ROM.**